KEY·可以文化

可以悦读 · 外国文学

云端少女

クラウドガール

金原ひとみ

〔日〕金原瞳 著

蒋葳 译

浙江文艺出版社
Zhejiang Literature & Art Publishing House

呼出的气息火辣辣地刺痛着嘶哑的嗓子。一吞唾沫，火烧火燎般的疼痛便扫过喉咙。我气势汹汹地迈着开始麻木的双腿，从堂吉诃德[1]店门前跑过。当我看到那个熟悉的背影旁边紧贴着个女孩子，胸口便痛得仿佛要被挤碎一般，不由得皱紧了眉头。烁烁点亮的绿灯再次唤起了我片刻间僵住的脚。

“阿臣！”

他听见我的声音回过头来，脸上的表情显然是已经明白了现在的状况。

“你这混蛋！”

我猛地一把拽住了他的衬衫衣领，连同他垂落在领口的金发。“你误会了……”不等晴臣说完，我便

---

① 日本最大型的连锁折扣店。——本书注释如无特别说明，均为译者注

把握在手里的手机砸在了他的太阳穴上。旁边的女孩尖叫着向后退去。嘭！嘭！嘭！我一次次举起手机，又一次次砸下去。手机的液晶屏在第三次撞击中生出了裂纹，在第四次撞击下更是飞散出几块玻璃碎片。我备份了吗？——这个想法闪过的瞬间，匆匆逃离的女孩那廉价高跟鞋的“咔咔”声传入了耳中。

“杏，你误会了！听我解释，求你了！”

把手机扔在一边，我跨坐在瘫倒在地的晴臣身上，双手揪住他的前襟，握拳狠狠揍向他的脑袋。

“解释什么？”

“我什么都没做，那女孩还是个初中生啊。”

我似乎听到了热血咻地涌进脑子的声响。开什么玩笑！我大喊道，举起了右手，挥拳朝晴臣打去。晴臣向着我张开手掌遮挡，不停地解释：“不是的！等等，你真的误会了！”我泪流满面，大腿根不住颤抖。我要杀了你！我叫嚷着，一边哭一边再次抡起了拳头。

被胖揍了一顿的晴臣呆坐在地上，我坐在他身旁抽着烟，警车终于来了。哎，情侣间小吵小闹而已，没什么大不了的，我俩经常这样的——晴臣肿着眼睛，头上和嘴里都挂了彩。他的解释被彻底无视，我们被警车带到了涩谷警察局。

好了好了，现在先听他说，完了再听你讲。姑且先问几个小问题可以吧？叫什么名字？多大了？十六？这可不行啊，十六岁的小姑娘大半夜的在涩谷晃荡……家长呢？什么，一个人住？同居？和刚才那个男孩？其他的监护人呢？爷爷奶奶？可以告诉我联系方式吗？在念高中吗？这样啊，可得好好毕业呀！然后呢，你喝酒了吧？哎呀呀，别说谎了明明浑身酒气。在哪儿喝的酒啊？家里？真的吗？

中年警官接二连三地问了一堆问题后，向我投来同情的目光——说是情侣吵架，是因为男朋友劈腿吗？

“凭什么告诉你个人隐私啊？说起来，不过是小吵小闹，为什么拘留我啊？”

“我们也没法子嘛。你们在大街上那样大打出手，可不能轻易就放你们走了。若是有一个刚刚还对人拳脚相向的家伙在街上流窜，你也会害怕不是吗？”

“事出有因的。”

“你说父母都不在，是什么原因可以讲来听

听吗？”

“死了。”

警官脸上浮现出怀疑的表情。我可没骗你。我挑起眉毛，耸了耸肩。

一番询问结束过了几十分钟后，晴臣和一名警官从审讯室走了出来。好了，你跟我来，警官唤道。和晴臣擦肩而过的时候，我又向着他的膝盖窝踹了一脚。“好痛！”晴臣叫了一声。

“搞什么啊，我想回家了。”

“好了好了，先坐吧。”

不足六张榻榻米大的房间里，并排摆放着两张大折叠桌，根本不像电视里演的那样，刑警和犯罪嫌疑人在审讯室里只隔着一张小桌，几乎脸贴脸。而我和警官坐在大桌两边，中间隔着近乎滑稽的距离。

“只是情侣吵架而已。朋友用 Snapchat① 发了男朋友跟其他女孩走在一起的照片给我，我恰好在附近，就追过去拳打脚踢了一顿。不过我可没碰那女的。”

“你没有父母吗？”

---

① 一款面向智能手机的“阅后即焚”照片分享应用。用户可以利用该应用程序拍照、录制视频、添加文字并发送到自己的好友列表。所有照片都可以设定 1—10 秒的阅览时间，照片会根据设定按时自动销毁。

眼前这位警官读着刚才做的笔录也满是怀疑地问道。我明天还要上学，还得回家做作业呢，我皱起了眉头说。

“不行。那个男孩的监护人说了要来接他，你也让人家送送吧。似乎联系不上你的姥姥、姥爷，这个号码是真的？”

“姥姥严重失眠所以深夜都会拔掉电话线。话说阿臣的监护人是谁啊？”

“说是他母亲的经纪人。”

哦，我嘟哝道。欸，那个男孩的母亲真的是长冈真理？警官压低声音问道。

“鬼知道。”

我可是她的粉丝呀！警官发出窝囊的声音打趣道。我嫌他烦，便面无表情地数起了桌子上的木纹。

真是给各位添麻烦了！中野小姐低头赔礼道，在她的催促下晴臣也低下了头。小杏也赶紧道歉——我无视她的提醒，默默地呆站着。心里怒气未消，于是我又一拳打在晴臣后背。住手、快住手！眼看警官又要上来劝架，我逃也似的出了警察局。

“小杏也上车，我送你回去。”

“杏，你听我说。那个女孩是初中生，离家出走了，她说想跟我谈谈心，我只是听她倾诉而已，建议也没提，什么都没做。真的只是倾听而已。”

“我把包包什么的全都存在谢露卡俱乐部的储物柜里了，得过去拿。中野小姐，麻烦你沿着井之头路往东急手创的方向开。我在那里下车自己回去。”

说罢我坐进了副驾座。那可不行，我送你回家。中野小姐一边系安全带，一边斩钉截铁地说道。朋友发来照片说“发现阿臣和一个女的走在一起”之前，我一直在俱乐部练习曳步舞的步法。和晴臣结伴同去的电子舞曲音乐节上，我对这种舞步一见钟情，就是晴臣教我如何滑步的。——就像跳 Running Man[①] 那样迈开双脚，嗒嗒、嗒嗒地踏步会吧？然后像这样横向扭脚会吧？再把这两个动作结合起来，瞧，看起来就像哧溜溜地在滑动一样了对吧？看到晴臣当场演示的舞步，我嚷嚷起来：“我想试试！”之后就又是向晴臣请教又是研究视频，还混入在西新宿高层建筑区跳舞的一群朋友中间练习，近来动作总算熟练了不少。因为今天谢露卡的人很少，可以跳个痛快，我还

① Hip-hop 舞蹈的代表性舞步之一，根据奔跑的动作改编而来。

正想着叫晴臣也过来。可就在这个时候，突然收到了晴臣和女孩子走在一起的照片，一切都被搞砸了。

“喂，杏，听我说啦！你听我解释嘛！”

晴臣从后座探出身子，铆足劲儿开了口起劲儿地喋喋不休着。

“我在麦当劳听她说话来着，连饭都没一起吃，只吃了杯麦旋风而已啦。大概也就两个小时吧，就听她发牢骚，说什么妈妈老是干涉她啦，手机也被停用了之类的。她说还不想回家，我只是想让她冷静一下头脑，才陪着走了一段。我本来想稍微陪她走走就让她乘出租车回家的。”

“第几次了？”

“……啊？”

“这种事情。”

晴臣闪烁其词，最后闭上了嘴，似乎是不打算回答了。深更半夜和女孩子并肩走在涩谷酒店云集的街区，亏他还有脸说打算让她回去。

“中野小姐原谅过男人出轨吗？”

“原谅过啊。不过第二次让我发现的时候就分手了。”

“对呀。如果敢有第二次就分手，这才是通常的做法。每次他犯事我都忍不住想，为什么又原谅他了呢？这家伙故技重施了啊！上一次自己为什么就原谅他了呢？总是忍不住责问上次被他劈腿的自己，为什么、为什么？！为什么就不能放弃这家伙？于是变得越来越讨厌自己。我打一开始就不信任阿臣，所以即便你背叛我，我也不会讨厌你。可是我却变得越来越讨厌自己。越来越无法信任再三原谅你的自己、想要去相信你的自己。啊，到这里就行。就在这背后，我自己走过去就是。”

我在这里等你，快点回来吧。背后传来中野小姐的声音，可我并没有回答便下了车。忽地一阵风从暴露在短裤外的双腿之间掠过，我一边摸着胳膊上的鸡皮疙瘩，一边进了小巷。

本想再跳一会儿舞，但感觉到沉甸甸的音乐振动的瞬间我就已经心生倦意，于是向储物柜走去。走出店门，我从后裤兜里掏出手机一看，有条晴臣发来的信息。从布满整个液晶屏的裂痕间隙里，我窥见一句“无论怎么琢磨，我还是只喜欢杏”。还琢磨呢，只要这个琢磨的人是你就叫人无法相信。按下锁屏键的同时，裂痕间松动的细小碎片剥落了下来。用外套的袖子擦了把眼泪，我朝着与中野小姐停车的相反方向走去。能走得回家吗？不想让任何人看到我这张狼狈的脸。真想就这样谁也不见，静悄悄地倒在路边死掉算了——我一边想着，一边硬着头皮迈动在运动鞋里捂得胀痛的脚。

开门的瞬间，我察觉到一丝异样。感到惊讶的瞬间，我忽然发现鞋柜上放着个令人怀念的钥匙套，心中顿时激动起来。我慌慌张张地蹬掉运动鞋，推开了客厅的门。

“理有！”

见到放在窗边的行李箱，我顿时有了把握。回到走廊，敲响第一扇门。我一边唤着“理有”，一边转动门把手。你好吵，正在整理壁橱的理有一脸不悦地转过头来。我喊着“理有，欢迎回来”，扑进了她怀中。

“我回来了。”

理有的双臂紧紧抱住我，比我搂住她的手臂更加强而有力。我一直在等你哦。可寂寞了。既然要回来，怎么都不跟我联系呢？理有稍稍抽离比我高三厘米的身体，愕然地回道：“我发了邮件啊。”

“你才是，根本没有给我回信啊。我可是发了两次呢。”

“啊，发到电脑上的吗？我不用电脑收发邮件的。现如今还用电脑的邮箱，真是理有的风格。你用Snapchat吗？”

“现如今，手机和平板都可以接收电脑的邮件啊。你说的Snapchat，就是那个聊天记录会消失的玩意儿？”

“对。我现在一般都用那个，理有也加入嘛。”

“聊天记录没了不是很不方便吗？”

“就因为会消失，才能共有那个瞬间嘛。就算在现实中一起玩乐，也只会留在记忆中不是吗？而且一想到会留下记录，有些话也没法说。”

“说起来，杏你怎么了？瞧你这张脸。”

理有说罢，定定地注视着我。我不禁垂下头，紧紧抓住理有的双手。

“晴臣他可过分了……”

“你们还在交往啊？我不是叫你分手吗！”

“正如理有所说。理有说什么都对。”

怎么可能，理有嘲弄似的笑道。直接听到理有的声音，而非通过电脑或平板，这令我激动得全身颤抖。一直以来，我都用和晴臣在一起的时光来弥补理有的缺席。或许，一直以来我泡在晴臣的公寓里，课外时间基本都和晴臣混在一起，只是借此转移注意力，不去意识到理有的缺席罢了——我甚至萌生了这样的想法。理有环抱着我的双臂令我放心，我觉得自己仿佛一块干巴巴的海绵缓缓吸收着水分，渐渐饱满起来。

“喂，理有，给我讲讲马来西亚吧。你在那儿做了什么？那是个怎样的国家呢？”

先等等。今晚必须要联系一些人，明天再告诉你好吗？听到理有的回答，我指着她的床问道：那我可以睡这儿吗？理有苦笑着回了句：只限今晚哦。

“杏真是一点儿都没变。”

或许我就是想听到理有这么说，才保持不变的吧。理有，以后也要一直在一起哦。我钻进被窝时说道。理有从书桌前回过头，似乎想要说什么，却又一言不发地重新转向了电脑。大概理有希望我能够独立起来。比起我自己，理有更明白对我而言什么才是正确的选择，所以独立一定是我必须拥有的能力吧。不过，要不要接受这个正确选择，决定权在我。我把被子拉过胸口——胸中交织着仿佛郊游前日的兴奋和暴风雨来临前的不安——盯着理有的背影，进入了梦乡。

清晨炫目的阳光没有丝毫犹豫地照进房间，我迎着光线轻声呻吟，从边桌上抓起眼镜架上鼻梁，看向在身旁熟睡的杏。宛如棉花糖般的肌肤，好像拍了一层干面粉似的又白又细腻。蓬松松的棕色卷发打着波浪卷儿。我甚至觉得她好似一位误入了我的被窝的异国公主。转念又觉得这样胡思乱想的自己令人生厌，连忙硬撑起了沉甸甸的身体。

时隔半年回到家里，却并不像我想象的那样乱糟糟。杏大概没怎么回家吧。冰箱里几乎没有食物。动身去马来西亚之前，我特意为杏买的速冻食品原封不动地沉睡在冷冻室里。不知为何唯独有一袋八片装吐司放在餐桌上，自然也通体发霉成了灰色。我正用昨天采购的食材做着早饭，杏睡眼惺忪地走进了客厅。

“太好了。我还以为理有回家只是一场梦呢。”

“因为杏昨天喝醉了啊。”

“哪有！才喝了两杯而已！”

“昨天出什么事了？”

“我追着劈腿的阿臣一阵痛揍，被警察带回去做笔录，搭中野小姐的车到了俱乐部，然后从那里回家走了两个小时。”

“杏，我不在的时候你都过的什么日子？经常被警察训导吗？你打算今后还和晴臣保持这种关系吗？”

“我才没有经常进局子呢。我会和阿臣分手的，都不知道被他劈腿过多少次了。”

“晴臣是有什么病吗？有性瘾还是怎么的？”

“大概是无法拒绝女人纠缠的病吧。”

“哈，估计八成的男人都有这种病吧。不过，你继续和晴臣交往只是浪费时间。”

说罢，我故意打住了。将切成两半的煎鸡蛋卷和烤好的吐司分别盛放到各自盘中，将切成适口大小的苹果和香蕉装进玻璃碗，一起端上餐桌。喝吗？我指着盒装牛奶问道。听到杏“嗯”了一声，我便给她倒了一杯。

“晴臣身体还好吗？”

“彻底好了。当时阿臣差点就死掉了，现在回想起来简直跟骗人似的。不过，或许也因为如此，我才无法离开他吧。”

“也许吧。在死亡面前，人与人会不由自主地紧紧联系在一起。”

话音未落，杏便握住了我放在餐桌上的手。杏像这样近乎异常地向我撒娇，也是出于同样的理由吗？

“杏已经不要紧了。谈一场寻常的恋爱，作为一个普通的高中生过平常的日子。总之，现在好好考虑下高中毕业的事。学习方面我也可以帮忙。”

“谢谢你，理有。但是，理有也要好好考虑自己的幸福。”

“我很幸福啊。一直以来的留学梦也实现了，接下来就是体验大学生活和找工作了。有杏陪着我，有这个家，还有自己单独的房间。”

“就是因为理有毫不怀疑自己有所缺失，我才担心呐。我可是知道的，理有缺失了一些东西。”

别说这些了，我皱着眉头说道，将最后一块煎鸡蛋卷送进嘴里。杏一边咀嚼塞了一嘴的吐司，一边目不转睛地看着我。我有些材料必须提交到大学，待会儿要出去一趟。我说着把餐盘放进了洗碗池，问道：杏，你不去上学吗？不去。冷冰冰的回答传入耳中。我才不想见到他，杏又补充道。我轻声应了句“是吗”，便走进了浴室。我站在洗脸台前一边刷牙，一边呆呆地盯着插在长了水垢的玻璃杯里的牙刷、修眉刀和牙膏。我停下了刷牙的手，拿出修眉刀，放到了镜柜的顶层。

东京人山人海。人山人海，却又井然有序。即便凭外表无法判断，但置身车站，总能轻易分辨出游客。他们总是会稍稍超出范围——从月台上的白线内侧、从电动扶梯的站立侧①、从排队等电车的队列中略微超出界线，仅凭这些便能明显感受到他们是孕育、成长于不同的文化中的人。我刚从一个文化杂糅的国家归来，每每碰到越界的他们，便会松一口气。这些没有浸染日本文化的人们着实令人喜爱。我和杏不一样，并不讨厌集体生活，是个严格遵守规则的人。然而，当我置身于混乱无序的国家时，却能做一

---

① 在东京，乘坐电动扶梯时，乘客一般会主动站立在左侧，将右侧空出方便其他乘客快速通过。在关西则为反方向，站在右侧空出左侧。

个毫不在意规则的人，并且怀着一种新鲜感——如同看着世界上首次被发现的生物一般——接受这样的自己。

若是有更多移民来日本就好了，我想。如果众多移民到来，那无数条仿佛比着尺子画出来的不可逾越的界线，将会被搅得一塌糊涂进而被抹除干净吧。在日本长大的人无法消除这些线。必须有新的浪潮才行。

可是在日本，也有许多人极度厌恶自己严格遵守的线被他人扰乱。而纵观表参道的街巷，期盼着混乱——就好像在维持着绝妙平衡的猴山中放入红毛猩猩和大猩猩那样的混乱状况——的人似乎为数不多。在交错杂乱的人语声中晕头转向地走了十分钟左右，我拐进一条人迹罕至的小巷，一块令人怀念的招牌映入眼帘。

“哦，好久不见。”

“好呀。”

“在那边剪头发了？”

“让见习的朋友稍稍修剪了一下。”

是吗？广冈嘟哝了一句，接过了我的背包。从四年前我就一直在广冈的店里剪头发。他态度冷淡得不像是做服务业的，虽说只是给人打工，但毕竟也是表参道美发室的店长，想必技术了得。但在我这种对发型没什么讲究的人看来，剪发跟改裤脚差不多，对他手艺的高明之处一无所知，浑浑噩噩地光顾至今。

“如何啊，马来西亚？”

“留学生活挺充实的。”

“今天要怎么剪？”

“过肩六厘米，不需要剪层次。”

“你总是提同样的要求。你有没有想过，正因为我出于好心给你修剪出的这点层次才使得你发型保持了平衡？”

“没想过。”

在这家三个月光顾一次的美发室里，我和广冈几乎每次都会有这样的一番对话。时隔半年也未曾改变，我的心情轻松下来。紧凑而舒适的店内包括我坐着三个客人，还有一人躺在洗发台上。

“马来西亚讲什么语言啊？”

“主要讲马来语、广东话、英语。”

“你现在都会讲了吗？”

“英语本来就会些，广东话倒是学了不少，不过马来语的读写几乎一窍不通呐。”

“读写几乎一窍不通呐。”

“啊？”

“我也想学学你的口气呗。”

我刚来这家店剪头发的时候就在想：为什么这个人那么喜欢冷嘲热讽呢？不过看着他一贯的姿态，我渐渐明白了，或许若非如此，他便会丧失存在价值吧。只能在言语讥诮和做发型这两件事上感受到他的坚持。

“你一直要求我给你剪的波波头也是各有不同的哦。打个比方，如今再做前年你留的那种波波头，毫无疑问那就已经过时了。我可是凭借手法上的微妙差异把你那不怎么样的发型打理成了时下流行的款式。”

“我明白。”

“就像中国话有很多方言，比如广东话、北京话、台湾话，波波头也是各式各样的。”

把过肩六厘米内扣式波波头的微妙差异，与广东话、北京话、台湾话的不同相提并论，可真叫人受不了。它们分明是没有丝毫类似的不同事物，实际体会过这点的我心里这么想着，却没有说出口。

“最近越来越多的女孩子要求剪波波头呢。”

“赶上潮流了吧。”

“我给形形色色的女孩剪波波头的时候，都会想起理有。大概在我心里，波波头的标准便是理有吧。”

这个又粗鲁又不机灵的男人，偶尔会像这样忽然改口，从“你”改呼名字，说些讨巧的话，逗得女孩满心欢喜。我一边为自己无法坦然地感到高兴而暗自神伤，一边直视广冈回道“荣幸之至”。他露出了满足的微笑。于是，无法坦然感到高兴的自己似乎得到了宽恕，我心里如释重负。我的手臂穿过美发斗篷，与镜中的自己四目相对。也许是因为脖子以下罩着朴素的美发斗篷吧，将我的五官衬托得十分鲜明——不大不小的眼睛既不细长清秀，眼尾也不下垂，没什么特点的嘴唇和下巴，额头也不饱满。淡淡的眉毛。就五官来说，并没有特别眉清目秀，也不是歪瓜裂枣，而是一张让人过目即忘的脸。在大学里即便关系相当不错的人，隔一段时间不见，被我叫住的时候往往也会一脸诧异。

杏恰恰与我相反。只要见过一面，谁都不会忘记她。白皙得通透的皮肤，蓬蓬松松的灰棕色头发，眼尾下垂的大眼睛和浓浓的眉毛。或许是因为皮肤白，即便不化妆，皮肤和嘴唇也界线分明，仿佛涂着口红一般。长长的睫毛十分引人注目。五官突出，就是人们常说的人偶般的脸蛋。和杏走在一起的时候，经常听到人们感叹：“哇，那个女孩子好可爱！”基本都是年轻女孩子的声音。由于五官个性十足，加之爱穿奇装异服，她不太受长辈待见，许多男人也因为她的外表望而却步，于是杏总是跟像晴臣那样自信爆棚的自恋狂交往。在外表方面，我对杏既没有优越感，也没有自卑情绪。我俩无论性格还是长相都不像，不至于相互抱有诸如此类的情绪。当头发被鸭嘴夹固定起来之后，更凸显出我的脸有多么乏善可陈。

我剪了哦！——随着这句宣告，广冈将我后颈的发尾剪掉了六厘米左右。我回来了。我回到了日本，又恢复了像制服般固定的发型，将没有分毫差错的秩序加在自己身上。

“欢迎回来。”

广冈挥舞着剪刀，仿若看透了我心中所想似的喃喃低语。也不知广冈是否觉察到我正对着镜子注视着他，并没有从我的发梢上移开目光。他抽走两枚发夹，又重新固定起我的头发。

“我还以为你不回来了呢。”

他那双三白眼似乎总是能看透人心。当他的双眸终于捕捉到我的视线时，我的胸中泛起些许痛楚，仿佛扎进了一根细小的刺。我也曾对回日本的事情感到疑虑。而就在刚刚，我才头一次意识到。在距回国只剩下几星期的那阵子，我鬼迷了心窍似的拼命搜索吉隆坡的租房信息。忙碌于准备提交给大学的东西和搬家的同时，我浏览了好几千套出租房及其出租条件，有时是通宵达旦，有时是在熬夜赶工后的清晨。或许，那时我心里打算着，就那样留在各种规章制度都不甚严格的马来西亚，说不定能混进某个地方生活下去。或许，那时我曾认真考虑过：在那个高层公寓与窝棚似的粗陋小屋比邻而立、杂乱无章的世界里，我孤身一人舍弃国籍能否生存下去。可能正因为如此，我才那么拼命地——拼命到让朋友都担心不已——学习英语和广东话。

“怎么可能不回来嘛。”

我笑着说。然而广冈并没有笑，也没有回答。我有些焦躁，从镜子上移开了视线。

我顶着剪短了六厘米的新发型走了出去，心中有一丝空虚，却也感到神清气爽。下周大学开学之后，我就可以什么都不考虑地找工作，什么都不考虑地毕业，进入一个说得过去的公司，然后平平稳稳地度过一生。心有迷茫的状态简直是地狱。即便选择的是通往地狱的道路，但好歹脱离了“踌躇着是否要下地狱这种地狱状态”，也算是一种解脱。就好像不知何时会爆发战争而担惊受怕的人，在战争实际打响之时反而会得到情绪的宣泄一样，我感觉自己现在正处于某种兴奋状态。

我打算去一趟以前经常光顾的买手店，于是挥汗向南青山方向走去，谁料却发现那家店关门大吉了。有时觉得，短短半年时间一切都没有改变；而有时又觉得，其实半年间也相应地发生了形形色色的变化。

我闲来无事，心里仍旧想看看衣服，于是随便找了一家店逛。可进到店里，却不知道该买什么衣服好，头脑一番混乱之后又进了另一家店。刚到马来西亚的那会儿，我也不知道该买什么衣服。时尚是一种相对的东西，参照的对象一变，脑子就会混乱，不知该把客观的视点置于何处。我逛了三家店，买了一件白色衬衣，心想还是找个地方休息吧。我路过了好几家咖啡厅，最后发现一家半地下室结构，镶嵌落地玻璃的咖啡店。我仿佛被并排摆放在玻璃后面架子上的毛绒玩偶牵引着，推开了店门。

听到店员招呼“欢迎光临”，我回了句“请给我一杯混合咖啡”，便在窗边落座。这家店似乎是从磨豆开始做咖啡的，到咖啡端上桌花了十分钟时间。

“请问……”

店员应声回头，是个年轻人，虽说刚才磨着咖啡豆，但俨然一副外行人模样。

“这些玩偶是店主人的嗜好吗？”

“啊，是我的。放在店里常常被客人们问起呢。”

“是从德国买回来的吗？”

“欸，您知道贝丝绨啊？”

“嗯。”

“时常有人问我在哪儿买的，可我还是第一次遇见知道贝丝绨这个牌子的人呢。我姑母曾经旅居德国，在我十岁左右的时候，她第一次送了这个玩偶给我。一般十岁的小孩不都挺嫌弃玩偶的吗，可我却中意得不得了。于是姑母每次回国都会买这个系列的玩偶送我。”

“这样啊。我母亲也喜欢贝丝绨，但凡她去欧洲，基本都会买上几个这种玩偶。”

“作为礼物吗？”

“不，是母亲的收藏品，我们可得不到。不过好在我也不大喜欢。”

“您不喜欢吗？”

他笑着问道：不觉得挺可爱的吗？说罢将朝向窗外的狐狸玩偶转向我。

“虽然也有把模样瘆人作为卖点的趋势。”

“看着这张脸，总让我觉得心里不安。”

我看着狐狸说道，他听罢笑了起来。狐狸的眼睛左右大小不一，眼珠子像人们常说的斜视那样分别偏向左右。

“我看了倒是觉得很安心。或许这张脸比较接近我的自我印象吧。”

我不由得比较起狐狸和他的脸，笑了出来。他这么一说，似乎真的有那么一点相似。

“你是店长吗？”

“不是，刚才提到的姑母才是店长。我是打工的。”

“这样啊。那，现在不能再让她送你贝丝绨的玩偶了吧。”

“啊，说起这个，前不久我在代官山找到一家买手店可以代购哦。在他们进货之前事先指定好的话，就可以代购你想要的东西。不过，收费不便宜就是了。”

“店名叫什么呢？”

“叫什么来着……我手机上有收藏，请稍等片刻哦。”

面对他热情得过头的态度，我有些不知所措地应了一声“好”，恰好这时有三位结伴而来的客人进了店，他便去准备端给客人的凉水了。母亲为什么会买如此瘆人的玩偶呢？她第一次买回玩偶的时候，我心中涌起一种难以言喻的不安。一直以来，母亲几乎病态地喜欢简洁的东西。家具和床上用品几乎都统一为黑白两色。当看到母亲买回一张深胡桃木色的矮桌时，我甚至对她竟会买带颜色的东西感到十分惊讶。果不其然，她似乎不太中意，没过多久就把它漆成了黑色。她的衣服也有九成以上是黑、白、灰；家电也必然非黑即白；就连书架，也在我十岁左右的时候，挂上了黑色的卷帘，据说是上面五颜六色书脊让她心神不宁。母亲房间里的床、书桌、书架，就连文具也全都是黑、白、灰。这样的母亲竟会买玩偶，简直就像寺庙里挂着个迪斯科球灯，豪华游轮里进来个和尚一样不搭调。

母亲买的第一个贝丝绨玩偶是狼，它吊儿郎当地咧着嘴，嘴缝里露出的獠牙以及目光呆滞的双眼，都令幼小的我不寒而栗。母亲告诉我们“贝丝绨”在德语里面是野兽的意思。我与正在研磨咖啡豆的他眼神交汇，他以表情示意我稍等片刻，而我则用目光回应他“不用在意我”。

母亲将贝丝绨玩偶摆放在直接固定在墙面的置物架上。刚开始只摆了一层的玩偶很快占据了第二层，后来摆满了三层架子。总共应该有三十多个玩偶吧。每当杏在一旁嚷嚷着“真好呀，杏也想要”，母亲便总会这样回答：“等妈妈死了就给你们俩。”我暗自在心里说“我才不要”，却从未说出口。有时我看到母亲和玩偶一起睡在床上，不由得脊背发凉。一把年纪的中年女人竟然和玩偶同床共枕，只会让人觉得毛骨悚然。

记得念初中那会儿，有次上学前我偷偷瞄了一眼母亲的房间。记忆在脑中浮现：床边的边桌上摆着斟满了葡萄酒的玻璃杯。掩盖在头发下的母亲的脸。陪伴在她身边的是一个羊的玩偶。这只羊的白眼仁是用红线绣的，正中缝着极小的黑眼珠，怎么看都一副病恹恹的模样。仔细一看，才发现它的嘴角翘到了耳朵下面，笑容叫人瘆得慌。母亲每天都喝得烂醉，黎明时分才睡下。为此郁闷不已的我那时一定咂着嘴说声“走啦”，然后催促着杏出门吧。

我突然感到不可思议，为什么我会被贝丝绨玩偶吸引然后傻坐在这里呢？我呆呆地望着他给三位客人端上咖啡，恨不得现在马上离开这里。

“真抱歉过来晚了，稍等，我找找哦。”

他一边摆弄着手机一边走了过来，我举起右手，手心朝向他，说道：

“不用了。”

“欸？”

“不好意思，我想起还有事，得走了。”

他又诧异地“欸”了一声，我低声说了句抱歉，起身离开了座位。“这个给你。”我正在收银台掏着钱包里零钱，他递了一张咖啡店的名片给我。这家店的 Facebook 是我在管理，方便的话请跟我联系吧。我或许会联系他吧。我这么想着，接过了名片，拿出不多不少的零钱买单，走出了店门。我回过头，只见六个玩偶并排坐着目送我离开。

“日本怎么样？”“一般般吧。”“理有今后有什么打算吗？”“先实习，然后找工作呗。”“不打算去国外吗？”“毕竟是国际学专业的，自然打算找对口的企业，不过现在就业困难，没法挑三拣四咯。”“杏现在如何了？”“一如既往，我行我素。”

是吗，爸爸笑着说。这可不是闹着玩儿的，我皱起眉头抱怨道。“杏姑且算是一个人平安无事地生活了半年，我想她成长了不少哦。”“是不是平安可不是爸爸说了算。”“杏不打算念大学吗？”“不知道。她之前还随口说想靠跳舞过日子呢。”

的确是杏的风格，爸爸一脸淡定地说。爸爸手边放着大沓文件和咖啡杯，背后一整面墙都是书架。大约四年前我和爸爸开始用 Skype 联络以来，每周一次，我都像这样通过电脑屏幕与爸爸聊上一小时左右。

“爸爸，你还记得艾利亚斯吗？”“艾利亚斯？”“在法国和我上同一家幼儿园的男孩子，就住在我们旁边的公寓。”“啊，记得。是个金发男孩吧？”“对。那孩子跟人说话的时候总喜欢伸手摸对方的耳垂。”“啊，理有曾经说过。”“今天我和咖啡店的男店员聊了几句，他给人感觉有点像艾利亚斯。”我想起了金发灰眼的艾利亚斯。面对少言寡语、文静温和的艾利亚斯，我明明法语一塌糊涂，却不知为何总是硬着头皮跟他讲话。而艾利亚斯总是双眸炯炯有神地听着我说话，一边伸手摸我的耳垂。无论是对朋友，还是对老师，交谈的时候他都会去摸对方的耳垂，自然会被看作是一个古怪的小孩。不过，当时还是幼儿园小朋友的我们并不觉得有什么奇怪，坦然接受了他异于常人的癖好。很多小孩都会笑着说“好痒”，但我却总是忍耐着。不知为什么，我总觉得不可以笑。

“你那时总说，艾利亚斯是我的恋人。”“我这样说过？”“说不定你也会喜欢上咖啡店的那个男人吧。”“谁知道呢。”“理有不打算来法国吗？”“法国？”“理有以前不是很中意这里吗？”“已经记不得了。”“是吗。不过，欢迎随时来玩。”“嗯。”“我觉得理有还是离开日本比较好。”“为什么？”“国外更适合你。而且，远离由利佳比较好。”“妈妈已经死了。”“可是，只要待在日本，理有就无法从由利佳的世界中逃离出来吧。”“没有的事。而且，照你这么说，那杏又怎么办呢？”“杏没问题的。她一开始就不会以那种方式与人交往。”

爸爸似乎对我有些误解。对杏也一定是这样。对妈妈也是，一点一点地误解着。我们聊了一阵，和爸爸道别之后关掉了 Skype，直接跳转到了 Facebook 的主页。我交替看着他给我的名片和液晶显示屏，输入店名，点开搜索到的页面，发了条私信。

每天早上九点，鸵鸟都能得到食物。日复一日，一到九点食槽里便会投放饵食。然而，满以为今天也能吃到食物的鸵鸟来到食槽边，却被剁掉了头，成了食物。

以经验主义来思考事物是十分危险的。我们必须时常考虑到今天与昨天不同这一可能性。不可依赖自己的直觉和经验法则。现在需要的不是归纳法而是演绎法。

我一边目不转睛地盯着十字路口的对面，一边任凭绿灯亮了三次。在国外生活有利于培养瞬间做出各种判断的能力。听不懂对方在说什么的时候，哪怕只能懂个大概也必须去沟通，而且很多情况下都要求自己具备判断人和地方是否危险的能力。然而，现在我却无法相信自己的判断力。进行判断的素材实在太少了。就在我打算往回走的瞬间，他注意到了我。我直直地注视着使劲挥手的他，忽然意识到自己正在做出判断——这个人一定不是个危险的人。仅仅聊了一会儿便记住了毫无特征、无法让人记住的我，并且从三十米开外的红绿灯后面把我认了出来，对此我甚至感到诧异。我迟迟迈不开脚步，而他带着微笑，不时挥一下手，小跑着到了我跟前。

“你好。”

他以爽朗的声音招呼道。我无精打采地回了句“你好”。

“真是不好意思。”

他微微颔首致歉。我也向他道声抱歉。我忽然觉得这样滑稽得很，“扑哧”笑了出来，于是他也笑了。

“去吃点什么吗？”

那去吃点吧，我回答。我们去吃烤肉吧，他笑容满面地说，完全无视了这个世界上有人讨厌吃烤肉这一可能性。

你吃盐渍牛舌的吧？特级里脊肉和上等里脊肉差价五百日元，你觉得味道真的有五百日元的差别吗？明明是烤肉店却有韩式生拌金枪鱼，真让人觉得有些遗憾。其实我呀，不太能喝，不过总想品味一下喝酒的感觉，所以都点不含酒精的鸡尾酒。

他一边滔滔不绝地自说自话，一边盯着菜单。说不出什么机灵话的我含糊地应答着，目光心不在焉地扫过菜单。所有的文字在我看来都跟符号似的。

“理有小姐酒量很好吗？”

他问我。我拜托他随便点了菜，最后给自己追加了啤酒。

“不，也不太能喝。只是偶尔喝点。”

“我有些紧张。”

“真不好意思，突然叫你出来。”

“没事。其实我也一直惦记着理有小姐。”

“那天走得那么唐突，真是抱歉。”

没事没事。他有些夸张地摇了摇头，露出笑容。

“对了，之前提到的那家代购玩偶的店……”

“不用了。真的。”

“是……吗？”

“我妹妹喜欢贝丝绨玩偶，本来打算她生日的时候买来送她，不过代购挺花时间的。”

“哎呀，是礼物啊。你们感情真好。”

“普普通通吧。不过，妹妹还在念高中，是个爱撒娇的孩子。”

“真令人羡慕啊，我是独生子。”

我们举起无酒精鸡尾酒和啤酒干杯，这种氛围实在是非常日式，我心中涌起对马来西亚的怀念，又交织着对日本的乡愁，不禁四下张望。大概是由于位置的缘故吧，店里年轻人居多，可能是些大学生和白领吧。

“怎么了？”

“啊，其实我上周刚从国外留学回来，感受到这里的氛围，忽然有种我真的回日本了的感觉。”

“嗯，我能明白。不，其实我之前就看出来了。姑母曾经也是这样。刚从国外回来的人，该说他们有些错位呢，还是不合拍呢，我能从他们身上的氛围辨认出来。”

“你姑母在德国是做什么的呢？”

“留学学习小提琴，后来跟一个德国的大提琴演奏家结了婚，一直都住在那边，大约五年前离婚了。那个咖啡店原本是爷爷奶奶经营的，他俩准备引退的时候，正商量着是不是把店铺卖掉，姑母说她愿意继承，回了国，拿到了食品卫生许可。她现在是店长，也在一对一教授小提琴。”

“其实我小时候也曾经和父亲在法国生活过一段时间。”

“这样啊。”

“我父亲是大学讲师，休假研究期间和我两个人在那边住了两年。”

“哦，那你妈妈呢？”

“母亲在日本有工作，而且刚生了妹妹，所以就留在了日本。”

“真是好前卫的家庭啊。”

我来吧，他说着拿起夹子把盐渍牛舌规整地等距排列在烧烤网上。我注视着他，感觉自己对他的戒心渐渐消除。他专心致志地翻烤着牛舌，视线瞬间从牛舌上移开，看了我一眼，又重新投向了牛舌。

“我这还是头一次。”

“什么？”

“与通过 SNS 之类的东西认识的人见面。”

“可是，我们在店里已经见过一次了，并不是通过 SNS 才结识的呀。”

“其实，我年轻的时候曾经做过一段时间蛰居族。”

“年轻的时候？光也先生多大了啊？”

“二十五。十五岁高中退学之后大概有三年时间吧，一直关在家里上网和玩游戏。十八岁的时候好不容易才能走出家门，参加了高中毕业同等学力认定考试，二十岁才上了大学，去年刚刚毕业。”

“难得你会愿意走出家门。”

“多亏了贝丝绨玩偶。”

“咦？”

“我做了个决定，随身携带贝丝绨的狐狸玩偶，摆明了自己是个怪人，去外面的世界。这样一来，周遭的人会用非常古怪的眼光看我，这反而令我心情愉悦。只要随身带着个瘆人的玩偶，就没人要求我跟周遭同步了。就算不排队，就算发出怪声，人们也只会认为：哎呀，他是个怪人。保持怪异，在日本可是一件武器。”

“你去大学也带着玩偶吗？”

“嗯，我把它放在桌子上一起上课。可是这样一来有好多人来跟我搭话，说它可爱。结果很平常地交到了朋友，也加入了社团，升入三年级的时候就没带着玩偶了。”

“你参加了什么社团啊？”

“轻音部[①]。还组了个乐队。”

真想不到。我笑道，夹起他盛到我盘中的牛舌放进嘴里。柠檬和大葱，以及弹力十足的牛舌肉在口中混合，那熟悉的味道不由得令我泛起微笑。我心想，今天遇到光也真是太好了。

“你说贝丝绨玩偶很接近你的自我印象。”

“是的。尤其是我收到的第一个狐狸的玩偶。”

“刚才我说想买来送给妹妹是骗你的。是我母亲在收集贝丝绨玩偶，我一直感到不可思议。为什么母亲会收藏那么瘆人的玩偶呢？大概是因为我对此耿耿于怀，所以之前才被光也先生店里的玩偶吸引了。”

“你母亲，难不成已经过世了？”

嗯，我回答，才意识到自己头一次没有讲敬语。不知不觉就省略了敬语，或许是因为我下意识地觉得，若不这样就没法做出肯定的回答吧。牛里脊接着牛小排——光也不断地把肉摆上烧烤网。我将第三片牛舌放入口中。

---

① 也叫作轻音乐部。在日本，轻音乐是与古典音乐相对的概念，泛指除古典音乐以外的所有通俗、大众化的音乐。例如爵士乐、香颂、探戈、流行歌曲等皆属于此范围。

“我也不太明白，不过我看着自己的房间，不禁会想：只有跟自己相像的东西留下来了啊。或许，我是把投映着自己的东西留在了身边吧。”

原来如此，我回道。忽然有种既视感。所有的画作都是自画像哦——这是母亲说过的话。对着只知道临摹其他作品，尚且年幼的我，母亲如是说道。我问她什么是自画像呀，母亲回答说，就是自己。幼小的我觉得自己的画被否定了，故而印象深刻。你是个光会模仿的人——母亲当时是不是想这么说呢？进入小学之后，我渐渐意识到自己没有绘画的才能，也就不再画画了。那阵子母亲经常表扬杏的画，而我总是冷漠地从旁注视着。的确，无论谁看都会觉得杏画得好。就算是第一次画的东西也构图鲜明、画面协调。如果说像那样尽是胡闹又任性妄为的妹妹能画出优美的图画，而比她认真不知多少倍并且长于为人处事的我却没有绘画才能，那么母亲认为所有画作都是自画像的主张便只是幻想——我在心里反驳道。

“母亲买东西只买单色调。不管是客厅还是她的卧室，衣服也好，文具也好，几乎都统一成黑白两色。这样的人突然开始收集贝丝绨玩偶，实在让人觉得心里发毛。她甚至还特意为这些玩偶安装了一个固定在墙面的置物架。”

“理有小姐不会对物品产生共鸣吗？”

“我不会。我比较注重合理性，属于那种只要东西好使，便不在乎外观如何的人。”

当说出“注重合理性”的瞬间，我似乎在刹那间感觉到了强烈的抵触情绪。或许是因为杏和母亲，抑或是因为我眼前的光也。和糟糕的男人交往、活得毫无建设性的杏，因为酒精中毒和精神不稳定而荒废人生的母亲，蛰居在家虚度三年光阴的光也。我感到自己和“怀抱虚无”的他们之间有着无法逾越的距离。

“这样啊。说来也是。理有小姐的确给人一种活得非常合理有效的感觉。”

在“缺失虚无”的自己身上我感受到了发展潜力的匮乏，自然对母亲和妹妹产生了既轻蔑又羡慕的感情。你们之所以能活得恣意自由，都是因为有我承担起了做家务、办理市政的各类手续、采购以及维持日常生活的责任。我心中充满愤懑的同时也抱着自尊。

“你妈妈是怎样的人呢？”

“从旁看来就是个寻常的好人。妹妹大概觉得妈妈毫无疑问是个好妈妈。”

“她不是个好妈妈吗？”

不是个好妈妈——我把这句话咽了回去。不知多少次，我对种种状况下母亲的种种表现感到不寒而栗，进而幻灭。每次吃了我做的饭后，她几乎都会去厕所呕吐；我和妹妹把绘画、作文以及学校的试卷等拿给她看时，她总是微笑着称赞“真棒、真能干”，而下一秒却面露厌倦，好似自己对诸如此类的事物毫无兴趣；在外面偶遇我朋友和朋友的母亲，她会面带笑容与对方亲切交谈，而之后必定好几个小时面无表情、一声不吭；她将我朋友和朋友父母的言行举止加以彻底批判，记录在一本 QUO VADIS[①] 的手账上，收在五斗橱抽屉里。无论我和杏多么深爱母亲，我们的情意也从未让母亲感到幸福。对此我不断地、强烈地感到幻灭。

“她是个怪人。”

“过世是因为……”

“心肌梗死。突然去世的。”

这样啊，光也边说边夹了一块牛小排放到我的盘

---

① 拉丁语，意为：你要去向何方。此处指股份公司 QUO VADIS JAPAN。1994 年由法国的日记本厂商 Editions Quo Vadis 出资设立日本分公司，主要进口、贩卖法国产的日记本、手账、信笺套装等文具。

子里。蘸上韩国辣椒酱，在口中咀嚼，肉汁便满溢开来。

“她过世的好几年前便患上了强迫症，就是那种总在担心有没有关燃气，有没有锁门的病。发病起来相当惊人。她每天睡到过午起床，首先检查银行账户。虽然并没有经济困难，但她会边喝咖啡边用电脑一一检查银行户头的余额，然后查阅邮件。需要回复的邮件按收到的顺序即刻回信。遇到不能马上作答的邮件，便回信写明会在几天后的几点回复。总是对香烟的烟蒂是否熄灭了，酒是否囤够了这两件事忧心忡忡。大概当时还并发了自律神经失调吧。有时会像发作似的过度呼吸，站都站不住，可不管怎么劝她也不愿意去医院。最后几年时间就跟个酒鬼似的，现在想起来或许也少不了酒精的影响吧。”

“跟她在一起，挺辛苦的吧？”

“怎么说呢……为了支持母亲，我承担起了家务和各类手续的办理，当然有时也会觉得这些事情麻烦，但我毕竟是个注重合理性的人，所以算是能泰然处之，而且也有能帮到母亲的自信。不过，我也的确羡慕过有寻常妈妈的家庭。而且，母亲什么事都不让妹妹干，当然妹妹不是那种靠得住的性格，但也因此她至今都轻浮冒失，而我成了这样的人。”

“这样的人是怎样的人呢？”

“嗯……无趣，除了认真别无所长的人。”

“我觉得不坏啊，”光也接着说道，“认真的人。”

我一边盯着他，一边从盘子里夹起牛小排放进嘴里，然而立马发现自己忘记了蘸调料。

“你刚才忘记蘸调料了吧？”

光也指着我手笑了，我不由自主地低下了头。我掩饰着难为情说，和光也先生在一起，步调就乱了。我也是，光也说。

“我看你完全没有乱套啊。”

“平时无论和谁在一起，总是会乱套。在店里也经常失误。可是和理有小姐在一起的时候却有条不紊。你上次来店里的时候也是。面对理有小姐，我就平心静气，能够坦诚直言。”

我默默地点了点头，指着肉问：你在吃吗？光也笑着回答：在吃在吃。我要了第二杯啤酒，光也点了第二杯无酒精鸡尾酒。因为母亲酗酒，我并不怎么喜欢喝酒。然而今天，我却觉得能美美地畅饮一番。

只要母亲跟人约好去喝酒，便绝不在翌日做任何安排。在截稿日一周前也不会跟人约喝酒。她一个人喝没事，但只要跟别人一起喝，第二天必定会郁郁寡欢。被宿醉和抑郁双重夹击的她相当凄惨，而即便如此她也没放弃跟人出去喝酒。为什么她不惜做到这个份上都要跟人去喝酒呢？我至今也搞不明白她究竟在他人身上寻求着什么。

“光也先生的母亲是怎样的人呢？”

“是个很有趣的人。性格开朗，非常体贴。”

他的确给人一种在明朗的家庭中长大的感觉。像他那样的人，一定和奶奶辈的关系也很好吧。

“你住在父母家吗？”

“是的。下次一定来玩啊。离咖啡店还挺近的。”

我惊讶于他的爽朗，他生活方式的洒脱，而同时也十分欣喜。就这样再待一会儿，我或许会喜欢上他。不好意思，火太大了吧？他边说边窥视桌侧，旋转调节火力的开关，迅速把微微有些烤焦的肉盛到餐盘里。我注视着他，喝起了第二杯啤酒。

“你总是负责烤肉吗？”

“我平时都不烤的。”

“那我来吧。”

“没事。我烤得挺开心的。”

他笑容满面地注视着烤肉，一只手拿着烤肉夹问我：一会儿还有牛草肚和牛腰肉，没问题吧？“好的，没问题。”我回以微笑。

今天你得去上学。我刚睡眼惺忪地来到客厅，理有便眼神严肃地对我说，然后将我的那份可颂面包和盛在小碗里的沙拉摆上了餐桌。牛奶被缓缓注人面前的玻璃杯中，我抬头看向理有。

“阿臣他呀，特别擅长一种叫 Jumpstyle 的舞蹈。”

“怎么突然说这个？”

“那种舞蹈有点极客[①]风，或者说舞蹈极客那些人很爱跳。对了，理有知道 EDM 吗？”

“就是电子舞曲吧？我好歹也是活在年轻人圈子里的。”

---

① 美国俚语 Geek 的音译，原指古怪的人。随着互联网文化的兴起，这个词被用于形容对计算机和网络技术有狂热兴趣并投入大量时间钻研的人。也用于代指在其他领域有深入研究的人。

“我和阿臣一起去了几次国内的 EDM 音乐节。”

“你在说什么啊？”

“我难受。”

“什么难受？”

“不想见到阿臣。”

话音未落我眼里已经泛起泪花。理有见我这个样子，发出叹气加咂舌的组合二连击，低声说：我送你去学校吧。理有回到家六天，我的生活发生了翻天覆地的变化。对于一直在阿臣家、学校和俱乐部三点一线游来荡去的我而言，早上起床和吃早饭都充满新鲜感，似乎让我记起这个仿佛塞满稻草或荞麦壳的身体也是有血有肉的。

我换好制服，拍上散粉，只涂了点唇彩便去到玄关，只见理有一身黑衣配搭黑色凉鞋，彻头彻尾的单色调。我不由得停下了脚步，小声嘟哝道：“真像妈妈。”理有并没应答，推开门说：走啦。

杏，对不起。真的，我决不再犯了。绝对不和杏以外的女孩见面，绝对不再和她们独处了。对不起，我一旦被人依赖总是难以拒绝，可是自从认识杏以来，我对杏以外的女孩从未动过感情。不骗你。我会删掉手机上所有的联系人。SNS的账户也全部注销。电话号码也换一个。我会舍弃一切，只跟杏联络。绝对不会再做上次那样的事了。只要可以和杏重新开始，我什么都愿意做。我什么都能做到。

晴臣一派快跪下的势头，我无法直视他由下往上窥视的双眼。或许是因为就要上课的缘故，大家看都不看我们一眼，顺着校门到教学楼的这段路，小跑着奔向入口。

“杏，告诉我你想要什么。我什么都愿意做。杏说什么我都听。”

“那，你去搞明年明日世界的三日通票。”

“当然，我一定去订。其实我早就想订来着！”

明日世界是比利时的EDM音乐节。这一年来我一个劲儿地看视频，还曾经跟晴臣说以后两人一起去。

“还有梦镇[①]的使用权限。”

“明白，我一定搞到。明日世界结束之后我们再去比利时观光吧。待一周左右如何？”

---

① 明日世界附近专供音乐节客人使用的小镇，内设贩卖食品杂货等各种物品的市场、咖啡店、面包店、美容沙龙等，还为连日参加音乐节的客人提供露营场地，可容纳约35 000人。

“去年十八万张票九十分钟就抢光了哦。”

“没问题。我找几个朋友一起上网订票。如果没抢到就去网上竞拍。”

“还要花机票钱，超贵的哦。”

“绝对会订到票的，没问题。相信我。为了杏我什么都愿意做。”

用你妈妈的钱——我脑海中闪过这句话，但不知不觉之间心里却欢喜起来，我不禁感到害怕。这样不行！虽然脑子里这么想着，但面对这般道歉并信誓旦旦忠实于我的晴臣，我觉得自己不可能拒绝。离开了杏我会死的——晴臣说罢紧紧抱住了我。我无法抬起双手环抱住他，只好呆呆地站着。晴臣金发干枯的发梢拂过我的脸颊。讨厌死你了，讨厌死你了，讨厌死你了！我分明感到这六天一直回荡在脑海中的诅咒宛如潮汐退去一般，音量一点点减弱，越退越远。

“还有，我手机屏裂了，帮我修好。”

“当然啦，这事都是我的错，必须的。今天放学后我们一起去修吧。”

晴臣面对面握住我的双手，仿佛试探我的反应一般缓缓地用力握紧。

“喂，小杏，求求你，一直跟我在一起吧！”

只有与晴臣的身体接触的部分那么炽热，我对晴臣的怒气总是在这热度中消融。

这个人会死。这个人死后会变得冰冷、僵硬，再也不会动弹。这个人再也无法抱紧我了。一定是因为那时我有过这样的念头。于是此刻，一切都融化在他的体温、他的柔软、他环抱着我的臂弯中。我很清楚自己正要做一件多么愚蠢的事情。这家伙还会重蹈覆辙。这家伙还会再一次伤害我。明明知道却还继续接受他的我，其实早已接受了破灭的结局吧。即便没有音乐节门票的约定，我也一定早晚都会接受晴臣。

“我们若不在一起就不行。我们各自拥有对方欠缺的部分，得两个人在一起才算完整。”

理有曾经说过，人是以离了他人帮助就无法生存的状态出生的。即是说，人是一种不完整的生物。并且，受渴望弥补这种不完整的冲动所驱使，人会在他人身上寻求自己欠缺的部分，也就是说，会坠入爱河。然而，人绝无可能通过恋爱克服这种不完整性。或许是为了劝诫我结束与晴臣之间这段毫无结果的关系吧，记得她引用了这番话作为开场白，但理有说得十分笃定。的确，我并没有觉得和晴臣在一起便各自得以成为完整个体。我和晴臣在一起的时候，仅仅是将自己交付于某种安心感和虚脱感。可是，如果理有的话都是事实，那么人是为了什么而恋爱呢？如果绝无可能克服不完整性，那么对于所有的人来说，恋爱不就只是一种消遣、一种逃避而已了吗？但是，于我而言，人生哪里有比这更重要的意义呢？

被晴臣抱拥在怀里，我听到教学楼那边传来“上课啦”的呼声。只见老师从我们班教室窗口打扇似的挥动着手，用手势示意我们赶紧过去。我被晴臣的手牵引着，迈步跑了起来。进了教学楼，刚换上室内穿的便鞋，晴臣又拉起我的手。晴臣那骨感的手强而有力，总是这样。我不禁有些烦躁。晴臣总是这样强硬，总喜欢使劲把我拉到他身边，力气大得让我觉得有点讨厌、有点疼痛。做爱的时候他也很粗鲁。可是，尽管他的强硬和粗神经令我感到腻烦，但他总是会哭着说“对不起”，紧紧抱住我央求“别离开我”，于是我又会觉得他“真是个傻乎乎的男孩子啊”，自己先心软了。一般人在幼年便学会换位思考和礼法规矩，而晴臣没有学会就长大了。或许是因为他的母亲和祖母，甚至保姆都被他身上粗鲁和脆弱并存的矛盾特质给迷了心窍的缘故吧。

理有在我脑中闪现。若是看到现在的我，理有会怎么想呢？你又听任惯性随波逐流了。她一定会这样评价并且鄙视我吧。

“杏。”听到呼唤，我将视线从任由晴臣拉着的手上移开，抬起了头。和晴臣四目相对的瞬间，我忽然心生绝望——我会一辈子和这个人在一起吗？喜欢一个人的心情竟会像这样催生绝望，这点令我绝望不已。

他把我拉进了化学教室。晴臣知道星期几的几点到几点化学教室空着。我俩钻到平时大家摆弄着烧杯、烧瓶做实验的实验台下，晴臣窥向蹲着的我。白皙的皮肤，干爽的金发，皱皱巴巴的制服外套，带着一丝不安的神经质的表情。看着他，连我也渐渐不安起来。

“杏要一直待在我身边。”

“这要我说了才算。”

“我说了算。”

我挥拳打在一脸认真的晴臣锁骨边上。伴随着重击的手感，晴臣那声可怜巴巴的“好痛”传入耳中。

“才不是阿臣来决定呢。”

晴臣低声嘟哝着“知道啦”，我一把拉过了他的领带。跟往常一样，紧得过头的领带结歪歪扭扭地朝向左边。

“一切都由我来决定。”

明白啦，全都你说了算。听到晴臣这么说我才终于放下心来，在他怀中放松了身体。

“理有回来了。”

“欸，什么时候？”

“被警察训话那天。”

“那，你姐姐全部都知道了？”

“都知道。我把这半年阿臣的恶行全告诉她了。”

“那，她反对你和我交往吗？”

“那当然啦。她老早就反对了。”

是吗？晴臣的表情扭曲起来，接着说道，我跟杏的姐姐不太合得来。

“就没有男人跟理有合得来吧？当然，爸爸是例外。”

“我一直奇怪来着，杏完全不提你爸的事呢。”

“我根本就不在乎爸爸。既不喜欢也不讨厌，感情真的很一般。妈妈和爸爸离婚之后，我也从来没觉得需要爸爸。只要理有和妈妈在，我的世界就完美无缺。”

“你爸是怎样的人？”

“嗯……挺古怪的一个人吧。我跟你说过吧，理有小时候和爸爸在法国待过。”

“啊，杏刚出生那会儿吧？”

“嗯。当时妈妈可辛苦了。因为育儿、工作和家务苦不堪言，都神经衰弱了。理有和爸爸那时两个人住在国外，也因此关系一直都很亲近。但我和爸爸之间从我婴儿时期起就有了隔阂。”

“我也不怎么记得父亲，跟你差不多吧。而且我也不想见他。”

晴臣的侧脸宛如雕塑一般俊美，我尤其喜欢他眉头到鼻尖的倾斜线条，几乎呈一条直线。鼻子和下巴都窄窄尖尖的，眼睛的形状跟他母亲如出一辙，都是大大的杏仁形。“我俩应该在一起。你明白的吧？看看周围就一目了然了。你觉得除我之外，这世上还有别人适合跟你在一起吗？”我初三时转到了位于现在就读的高中旁边的一所附属中学，当时高一的晴臣对着基本算是初次见面的我这样宣告道。“有啊。”我回答，脑海中浮现出理有。结果转学还不到一个月，我就喜欢上了成天像狗一样追着我跑的晴臣。那时的心情是真真切切的，到现在也没变。

实验台下面满是灰尘，手边还能看到橡皮擦屑。我摁住裙摆，换了个姿势。

“你说，只要理有和妈妈在，你的世界就完美无缺。”

“嗯。”

“你妈妈是心肌梗死，对吧？也就是说，她是突然去世的了？”

“嗯。”

“那之后杏的世界怎样了呢？”

唔……我应道，缓缓地搜寻着辞藻。

“本来像油画一样的世界，变得像水彩画一样淡薄的感觉。不过，水彩也很美，而且理有和阿臣都在，所以我的世界没事的。”

“我呀，病倒的时候一直在思考自己死后世界会变成怎样，不过我觉得，世界绝对不会改变。但是，一想到杏的世界会变得不同就害怕得不得了。”

“所谓爱一个人，不就是接受对方的死会改变自己的世界这件事吗？”

“你说得真有诗意。”

“不过，我那时想着阿臣若是死了我也不活了。”

别这么说。晴臣的口气突然变得严厉，我抬头看他。以前也好几次说到这个话题，晴臣每次都这样出言反对。

“我非常非常喜欢妈妈和杏，可是真的很讨厌你们这么说。”

晴臣在ICU的模样在脑中回放。他戴着氧气罩，意识模糊，眼神空洞地望着天花板。看着他抽搐之后吐出黑色的液体，我以为他真的会死。如果阿臣死了我也去死——这个念头深深盘踞在我心里。就算那时候我的这种心情遭到强烈否定，可如果当时晴臣死掉的话，我也已经不在了吧。妈妈去世还不到一年，晴臣便面临死亡，眼睁睁地看着这一切的我感觉自己的感情渐渐干涸化作沙漠，而妈妈去世时我却完全没有这种感觉。真是不可思议。我觉得自己的感情在晴臣死后只会变成沙漠一片。视线所及的范围内没有一滴水，干透的砂粒簌簌流动。与其在这片沙漠上气喘吁吁、挥汗如雨地步行，还不如死了来得轻松。

“只有自杀，是我绝对无法原谅的。”

我不断去探望住在ICU病房几乎说不出话的晴臣。终于转移到了个人病房之后，晴臣每天都跟我讲他徘徊在生死边缘时的事情，一直讲到会客时间快要结束。他说，想吃有味道的东西，不管是什么；当他处于梦与现实与麻醉之间，分不清究竟哪个我是现实中的我，即使如此出现在梦里和幻觉中所有的我都成了他的精神支柱；在ICU闻到一股特殊的气味；一旦闻到这种气味，几小时之后ICU病房内一定会有人死去；每次护士来换输液袋，换液的手在他眼里有时是青蛙脚，有时是猪蹄，有时是鸡爪子。我和转移到个人病房的晴臣不停地聊着，仿佛说完了一辈子的话。晴臣常常哭泣。常常说些泄气话。他一遍又一遍地重复念叨着：想回家、想吃牛肉盖饭、想跳舞、想和杏做爱、好痛、都因为住院得留级了、想拔掉输液管。因为整天都打着点滴，他的两条胳膊的内侧和手背都淤青了。出院之后我再也不离开杏了。他也这么说过。然而晴臣从出院到劈腿，至少据我所掌握到的情况，也就不过两个月而已。

“仅仅是想到杏要寻死，我全身的细胞都不对劲了。就算在我死后，我的细胞也能发动谋反。再发动一个岛原之乱[①]哦！”

说什么傻话呢。我笑了，晴臣吻了我。接吻的时候，我想起了妈妈。我最喜欢的妈妈，漂亮的妈妈，已经离世的妈妈。

妈妈总是在思考——理有常这么说。至于究竟在思考些什么，我不知道，大概理有也不知道。理有还说，妈妈总是在畏惧着什么。理有总是这样补充道：不过杏不用担心，有我在。的确，从上小学的时候起，理有就叫我起床，为我做早饭。理有念中学之后，安排食品送货上门的是理有，做晚饭的也是理有，检查我家庭作业、倾听我恋爱烦恼的还是理有。食品、生活用品、日用品以及所有的网购账户都是理有在管理。但是理有并没有因此影响社团活动或荒废学业。她成绩优秀，毫不费力地兼顾了家务、学业、社团活动的排球队以及照顾妹妹的任务。对我而言，理有就像超人一样。妈妈才是无法兼顾任何事情的人。截稿日的那一周她什么家务都不做。非但对拜托她过目的学校资料视若无睹，连跟她说话时她也

---

① 日本江户时代初期，1637—1638年爆发于九州的岛原半岛和天草岛，是以天主教徒为中心的农民起义，反抗幕府和诸藩对农民的横征暴敛。这次起义是日本历史上最大规模的武装起义，又称天草之乱。

都基本含含糊糊不怎么搭理人。更有甚者，开口的瞬间她就恳求说："求求你别跟我搭话。"客厅的日历上记录着她工作的截止日期，那也是对我们发出的信号——别理我。

妈妈大概每周和朋友以及编辑去喝一次酒，喝到早上才回家。遇到这种时候，我都会去理有房间待到很晚，然后和理有一起睡。

那一天，妈妈也喝了酒回到家。不知道她是和谁去喝酒了，还是自斟自饮。记得那段时间妈妈的饮酒量剧增，理有还曾一脸早已心知肚明的表情说：她那是酒精成瘾。听到玄关传来门响，我和理有抬起头来。

"快睡吧。"

妈妈探头进来，交替看着在床上玩平板电脑的我和在书桌前学习的理有，道了声"晚安"，就回自己房间了。妈妈醉得挺厉害的，理有低声说罢又埋头看向了笔记本。

"才一点钟而已呀。"

"因为最近喝酒节奏比较快吧。"

从葡萄酒和威士忌的空瓶，到啤酒和预调酒的易拉罐，理有会将它们规规矩矩地分类，在回收资源垃圾那天拿出去，于是她大致掌握了妈妈的酒量。理有你瞧，这个可爱不？我用平板电脑打开 Instagram，询问理有对服饰和化妆品的看法，问着问着就觉得眼皮越来越重。

杏，回房间吧。被理有轻轻地摇醒，我抬头一看，时钟显示不到凌晨三点。理有换上了睡衣，手上端着个马克杯，里面大概盛着她睡前必喝的白开水。我“嗯”地应了一声，合上了平板电脑的保护套，然而身体却不听使唤，眼睛又快合上了。这时，突然传来嘭嗵、哗啦的声响。是妈妈吧？我低声问。多半是吧，理有回答，接着冷冰冰地补充道：大概摔倒了吧。

“不要紧吧？”

“她可是强迫症加抑郁加酒精成瘾哦。偶尔摔倒也是正常的。”

“去看看吧，理有。”

等会儿，我喝了水就把杯子放去厨房。理有盯着电脑，举起马克杯说道。理有这个人可以每天过着一成不变的生活。每天早上同一时间起床，每天早上都规规矩矩地做早饭，每天早上都能坐上同一班电车。不仅能完成自己计划好的训练和学习，就连每晚喝一杯烧开后冷却到五十摄氏度的白开水这么麻烦的事，她也能雷打不动地坚持。妈妈和我就做不到。日记也好，慢跑也好，英语的参考书也好，三天就撂在一边了。典型的懒人。理有用来喝白开水的马克杯，也是喝完立刻就拿去厨房洗干净，明明放到第二天早上也无所谓。

“我把杯子洗了，你去看看。”

我听罢便一个人来到与客厅相邻的妈妈的房间门口，敲了敲门。妈妈？刚才听到了响声，你没事吗？没人应声，我又敲了门，然而门的那边一片静悄悄。

“好像睡了。可能是从床上滚下来了。”

理有把马克杯摆到沥水架上，踌躇片刻，伸手握住了门把手。妈妈叮嘱过没有回应的时候绝对不能开门，我因而有些畏缩，理有轻轻地把门打开了一条缝。灯亮着，理有把脸贴上去从门缝窥视，然而下一刻她的手松开了门把手，向后退去。本就有些松动的门自个儿打开了十厘米左右的幅度，我惊叫起来。

“妈妈！”

我慌慌张张地想要进去，理有一把抓住了我的手腕。

“不行。”

“为什么不行……”

“别去动她。”

“可是，妈妈会死的！”

“没事。”

“理有，你在说什么呢？赶紧叫救护车！”

一股腥味扑鼻而来，大概是血的气味。妈妈的血飞溅在墙上、地板上，看上去仿佛还在源源不断地从她的身体里流出来。我想去妈妈身边，可是身体因为恐惧而瘫软，连理有的手也挣不开。

“杏，回房间去吧。”

理有如此说道。她面色苍白、表情凝固，目光死死钉在妈妈的房间里。

“理有你在说什么啊？妈妈会死的！”

“妈妈要去一个没有恐惧的地方了。”

理有转向我，以斩钉截铁的口吻断言道。刹那间，一种说不清是悲哀还是恐惧的感情张开大口，从脚下将我一口吞噬，包裹了我的全身，我感到自己越来越摇摇欲坠。我觉得理有也并不冷静。她抓着我手腕的手不住颤抖，而且我总觉得若是挣脱她的手，理有会当场瘫倒在地。

“理有，不可以。我们叫救护车吧。”

“来不及了。妈妈已经死了。”

我们二人无言地呆站了多长时间呢？或许有五秒左右吧。或许有好几分钟也说不定。我甩开理有的手，一下子踏进了房间。

“杏！”

我头也不回，注意着不踩到地板上妈妈的血迹，踮起脚尖向里走了四步，伸手够向安装在墙上的置物架。

“杏！你在干什么！”

只有四个玩偶没有沾染上血迹。发现羊没有被溅到血，我感到如释重负。

“妈妈说了，她死后就给我。”

“杏，快住手！”

“我无论如何都想要这个。”

我把羊的玩偶抱在怀里，站在原地目不转睛地盯着妈妈的脸。妈妈睁着眼，脸上沾满了血。横贯脖子的伤口约有十厘米，口子大大咧开，黏糊糊的血液沐浴着间接照明的灯光，闪耀得有些晃眼。妈妈看起来的确已经没有生气了。只见书桌的旁边掉落着一把剃刀，一想到这不是在演戏，我感到自己的胃、肠还有肺……所有的内脏都如同要被挤碎一般在体内急剧收缩。从房间出来的瞬间，身体忽地失去了力气，我单手抱着羊扑进了理有怀里。理有关上门，无数次上下抚摩我的背脊。

“我们睡着了，什么都没察觉到。明天早上，我们见妈妈没有起来，因为担心去她房间一看，发现妈妈不动了，于是叫了救护车。”

为什么要这么做啊？我哭着问。我们尊重妈妈的意愿吧。理有说。可是，如果理有现在是有心要成全妈妈寻死，那为什么刚才她就对我断言妈妈已经没救了呢？我脑中一片混乱，可我无法再反抗理有。

被理有搂抱着回到她的房间，我俩在床上躺下。“我俩一起在这里待到早上吧。”——我已经忘了这是我提出的，还是理有的建议，但我俩一定都怀着同样的期望。直到搬到这间公寓，也就是说，直到妈妈和爸爸离婚，我俩都睡在同一个房间。两个人并排躺在小双人床上，每晚一起读书或者玩手机，度过睡前的时光。记得小时候，妈妈曾经开心地告诉我们：你俩是额头抵着额头睡的哦。如果因为两人之中谁得了感冒而分房睡，那我俩都会寂寞得不得了。在我被安顿到客厅里打地铺的夜晚，我也曾经趁妈妈、爸爸睡熟以后，偷偷回到儿童房，钻进被窝躺到理有身边。虽说当我拥有了一直向往不已的独立房间时曾兴高采烈，但实际上一个人独处之后，却只觉得无聊之至。如果没有理有见证活生生的我，那或许我根本就不曾活着。我把这些写在信里交给理有，理有看了不仅惊讶而且一脸厌恶，但那之后一段时间，就算我赖在理有房间里不走她也不再抱怨了。

我哭泣不止。理有一言不发地紧绷着脸。我俩都没有说话。手牵着手，静静地躺在床上。

过了几十分钟，我听到玄关的门发出吱呀的声响，抬起了脸。理有伸出食指放在唇边，轻轻地“嘘”了一声。房间里十分昏暗，只有书桌上的小台灯洒下一点亮光，我回想起刚才妈妈的那张脸，不由得紧紧握住了理有的手。

从房间外面传来嘀嘀咕咕的说话声，我的心脏怦怦直跳，快要炸裂了。

“是姥爷和姥姥。”

理有小声说道，我轻轻地点了点头。我俩在床上屏息了多久呢，十分钟？二十分钟？我正为在这种状况下依然感到了睡意的身体而困惑，突然有光照进了房间。理有？……理有？是姥姥的声音。听到第三声呼唤，理有一脸惊醒的样子抬起了头。

“姥姥……是你吗？”

“理有？杏也在那儿吗？”

“是姥姥吗？”

“是呀。你们俩跟我来。”

“欸……怎么了？”

“听话，先去我家吧。”

我哼哼了几声，装作睡迷糊的样子也抬起头来。从走廊打来的逆光让姥姥的脸笼罩在阴影之中，但我看见了她那有些僵硬的微笑。

“姥姥，怎么了？”

“乖，都跟我来。”

姥姥说道。既没有歇斯底里，也没有大声命令，但她的口吻强硬不容反抗。在姥姥的催促下，理有在睡衣上披了件开衫，带上手机；我依然穿着针织运动衫，拿着手机，抱着羊的玩偶走出了公寓。公寓楼下停着一辆出租车，坐上副驾座的姥姥将自己家的地址告诉了司机。她回头看着坐在后座的我们，仿佛下定决心似的说：

“你们的妈妈病倒了。”

“怎么回事？”

“妈妈刚才被救护车送走了。她打来电话说身体不舒服，撑不住了，我和姥爷赶过来一看，见她倒在房间里了。为了不惊动你们，姥爷陪着她上了救护车。”

我脑子里乱作一团。我抬头看向理有，握住理有从灰色开衫下伸出的手。姥姥大概以为我受了惊吓，眼里泛起了泪花。

“急救人员说可能是心脏的问题。”

骗人。妈妈还在房间里。根本没有急救人员来。因为不想让我们知道她是自杀，姥姥才说谎的吗？但是这样的谎言哪能搪塞得过去呢？妈妈分明是划开脖子自杀的。究竟为什么姥爷和姥姥会赶来我们家呢？妈妈打电话或发短信告诉他们的吗？

“我们也要去医院。”

“不行。”

“为什么？为什么我们不能陪着她？”

“可能……救不回来了。”

“……可是！这也太不合理了！带我们去妈妈那儿，姥姥！”

我一直沉默不语。理有的演技令我恐惧。不，或许并不是演技。说不定理有这时才真正意识到了妈妈的死。也许是因为和我在一起，理有才无法承认妈妈的死。

“我们等姥爷联系吧。”

理有“哇”的一声哭了出来，抬起没牵着我的那只手盖住了脸。看着理有，我也越发难以忍受，哭了起来。但我的眼泪也许一半是由于失去妈妈的悲伤，另一半则是出于对理有的恐惧。从理有说别叫救护车的瞬间起，我心中因为无法理解理有而萌生的不安和恐惧便不断膨胀。姥姥从我们身上移开视线，直勾勾地盯着出租车的挡风玻璃。姥姥也在流泪。出租车里，我们三人的肩膀都不住颤抖。姥姥真是太可怜了。为了不让孙女们受打击，不能守着女儿的遗体，一直编着谎言的姥姥，太可怜了。在我身边哭泣的理有是否懂得她心中的悲恸呢？那时如果叫了救护车，妈妈说不定能挽回一命，她的妈妈如果得知我们有意拖延了发现时间，会怎么想呢？对理有的不信任、失去妈妈的悲伤、对姥姥的愧疚、对自己所作所为的不知所措，我在这些情绪的夹缝中几欲崩溃。忽然一个念头在我脑中闪过——我可以依靠的人，就只剩下理有了。

坐出租车去姥姥家大约二十分钟的距离，到家后不久就接到了姥爷的电话，姥姥很笃定地说，妈妈死于心肌梗死。好容易止住了眼泪，眼睛还肿肿的我听罢又哭了。理有喃喃说着：求你让我们现在立刻去妈妈身边。姥姥抱住理有的双肩说：休息一会儿，就算睡不着也躺一躺，听说遗体今天就能领回家，等姥爷联系了我们再去吧。姥姥说着说着，脸上露出忍无可忍的表情，也哭了起来。

“这里是妈妈以前的房间哦。”

姥姥为我们在房间里铺好两个并排的被窝，这是我和理有每次在姥姥家留宿时睡觉的房间。姥姥让我们在这里睡觉的时候，总是会开心地说上这么一句。然而这时的姥姥眼窝凹陷得怕人，眼里闪烁着泪光，说道：

“姥姥也去休息一会儿啊。”

说罢姥姥便走出了房间。但等了好久也没听到她下楼的脚步声，大概是因为她关上门便再也站不住了，坐在门口强忍着声音哭泣吧。并排坐在合成革沙发上的我们不约而同地缓缓钻进了被窝。我把羊放在枕边，细心地给他也盖上被子。姥姥家的被子沉甸甸的。我们家只用羽绒被，所以每次来这边我们都会嫌被子捂着难受，只盖着毛巾被睡觉。然而这时，我正因为压在自己身上的重量而宽下心来。因为有这样的重量，我心里才产生了一种感觉——有某种东西在守护着我。

妈妈的遗体很美。透过灵柩上的小窗看到妈妈的脸，除了塞进了脱脂棉的鼻子以外几乎没有异样，原本沾满鲜血、大张着的嘴也紧闭着。我凝视着她的脖子，吞下就快要脱口而出的语句，抬头看了看理有。我简直无法相信昨晚目睹的妈妈的凄惨模样。

“一般不会在这个时机入殓的。”

“什么？”

“灵柩还打了钉子固定。是不想让我们碰到遗体修复过的地方吧。”

我的视线从压低声音说话的理有身上转向了站在厨房的姥爷和姥姥。

“妈妈死于心肌梗死。我们昨晚在我的房间睡觉，什么都不知道。”

这是一种仿佛催眠师一般的说话方式，在这强有力的话语驱使下，我轻轻点了点头。

“姥爷，妈妈她，是在她自己的房间里过世的吗？”

我指着妈妈的房间问，姥爷回答说是的。我起身缓缓地迈出脚步。站在昨天听到响动后前去查看的房间门口，握住了门把手。本以为会被阻拦，可姥爷和姥姥都一语不发。我毫不费力地打开门后，几乎令人眩目的光照进了房间。妈妈不喜欢光线从缝隙透进来，总是把遮光窗帘的缝隙用好几个夹子给固定住。叫人感到不可思议的是，此时遮光窗帘敞开着。而且，血迹也消失无踪。我定定地看看地板、看看壁纸，哑口无言。血迹呢？我差点脱口而出，慌忙噤声。但我发现了决定性的不同——那些溅了血迹的妈妈的收藏品玩偶全都不在了。

“姥爷。”

“嗯？”

“妈妈的玩偶不见了。”

“因为心肌梗死，妈妈吐了一地，还吐了血。”

“于是弄脏了吗？”

“嗯。所以就把玩偶都处理了。床边铺的地毯也是。我们擅自处理了，真抱歉。”

比起这些，那时墙壁的污渍更严重。我转动着眼珠子，四下打量。难道特地换了壁纸吗？喷溅上鲜血的那一侧墙壁上血迹飞溅得很远，光靠擦拭弄不干净，而且按理说应该散发出强烈的血腥味才对。我坐在床上，理有走了过来。

“换过壁纸了。看来到底没能买到德国的玩偶。”

一切都令我恐惧，我不敢看理有的脸。

妈妈的死因是心肌梗死。至少对我俩以及来参加葬礼的人们是这么解释的，电视新闻里也是这么报道的。我俩被接到了姥爷家，可就算只有两人独处，理有也再也没提起过妈妈自杀的话题。妈妈死后大约过了半年，在理有的强烈要求下，我们住进了与理有大学在同一路线上的公寓，我也转学到了新的中学。妈妈死后大约过了一年半，理有启程去了马来西亚留学。现在回想起来，我俩之所以两地分离了半年时间，也许是理有的期望，亦是目的。

自杀的妈妈。不允许我自杀的晴臣。隐瞒了妈妈自杀的事实的姥爷和姥姥。辅助妈妈自杀的姐姐。假装妈妈没有自杀的自己。一定是大家各自怀着深深的思虑，不断做出自己认为最正确的选择，才有了现在的结果。

阿臣。晴臣与低声呼唤的我目光交汇，露出一个微笑。轻柔的风穿过窗缝，撩动着在实验台下手牵着手的我们的发梢。我为自己圆滑的谎言微微蹙额，在柔和的光亮中眯起了眼睛。久违的想见妈妈了。

被人半强迫着带去参加派对，正感到浑身不自在的时候，真由一把拉住了我的胳膊。第一次造访的真由家中聚集着三十来个年轻人，我一个都不认识，只好自我介绍道：初次见面，我是真由在大学的朋友。这时，坐在沙发上的一对男女开始亲吻起来。见他们亲吻得难分难舍，我心想着“这还有高中生在场呢”，于是四下张望起来。可我意外地发现高中生们都十分淡定，虽说有人盯着那两人看，却没人起哄。然而这对男女走到房间的角落，两人站立着，男人脱掉了女人的内裤。见状我不由得大吃一惊。我一边暗暗担忧“这难道是那种派对吗？”，一边观察着周围。“哎呀，你看。竟然在派对上做这种事，太没常识了！”听到真由的话我多少松了口气，可她的语气并不怎么惊讶，因而我心里仍留有疑虑。也许是听到了真由的声音吧，正准备插入的男人忽然转过头看向我们。

“……你在干吗啊？”

那个抓着女人腰肢的男人，竟是爸爸。

“咦，理有？”

这一切过于惊人，我一股热血冲上脑门，浑身不住颤抖，似乎要炸裂开来。爸爸提起裤子、扣上裤扣，朝我们走来，问了句“你在这儿干什么呢？”，仿佛没事人一般站到我身边。

“快闭嘴，恶心死了！”

我怀着对真由和其他客人的歉意，混杂着焦躁和羞耻喝道。狠狠瞪向他的瞬间，不知为何爸爸突然变成了广冈，还满不在乎地回嘴说：“有什么大不了。”内容和情节完全没有连贯性，就在我的混乱达到最高潮的时候，我醒了过来。

是梦。我无声地自言自语。这个梦是怎么回事？我脑中一团乱麻地起身，钻出被窝。抓起手机，看到屏幕上浮现着广冈的名字，我吓了一跳。看到“发型如何”这条冷冰冰的短信，我不由自主地吐露了真心话——“刚才梦到广冈企图在别人家的派对上和女孩做爱来着”。发出了短信，我有些后悔说得太过露骨，但看到广冈回了句“什么乱七八糟的”，忽然感觉自己被拉回了现实。

手机上显示 02:23。广冈给我发短信是在一点过后，说不定我半梦半醒之间看到了广冈的名字才做了那样的梦。记得广冈已经年过四十，有个念初中的儿子。虽然他有些神神秘秘的，但偶尔也会聊起自己的家人，并没给人拈花惹草的印象。而爸爸则不如说属于有些厌女倾向的类型。不过，说不定只因为我是他女儿才会这么觉得，只因为我是他女儿他才表现得如此。母亲离婚后一直过着与男性保持距离的生活，或许因为这个缘故，在我心里，一直对男性抱有一种说不清道不明的怀疑。尽管对光也心怀好感，我却无法用言行去深入了解对方，一定也是出于这种怀疑和不习惯。但就算冷静地做出分析，我对现状的郁闷心情也并没有消散。

今后该如何活下去呢？母亲和父亲离婚，父亲搬出去的时候，我茫然地想过。父亲既不是母亲的精神支柱，也不是经济支柱。可是父亲总是我心灵的依靠。虽然他告诉我随时与他联系，但我就像被孤零零地留在荒野上一般充满了不安。母亲几乎与以前没什么变化，而杏更甚，对父亲的离开毫不介意。对恋母又恋姐的杏而言，父亲的价值就跟一件装饰品差不多。别说受打击，甚至对父母离婚这件事还有一些期待。她兴高采烈地嚷嚷着：我很喜欢中城这个姓氏呢。中城杏听起来蛮帅气的耶！唯有我，静静地承受着父亲离开的冲击。从今往后，我们会何去何从呢？我仿佛坐上了没有刹车的过山车一般惶惶不安：我们会不会有一天因为轨道断掉而猛冲出去呢？会不会有一天失去了动力，停在轨道最低点进退维谷呢？无论怎样，我觉得我们再也无法在本应停车的地点停车了。

父亲离家后过去了六年。直到最后，父亲和母亲谁也没告诉我们离婚的理由。没打算说也没必要说——母亲执拗地坚持己见。她毫无顾忌地贯彻着不负责任的做法，或许单单这点便让这个四口之家分崩离析了吧。然后，正如我所担心的那样，母亲在过山车运行途中独自消失了。

“然后呢？”

“然后，我回过神来的时候父亲变成了广冈。”

“嗬……”

“我质问‘你在干吗’，不料你却满不在乎地回答‘有什么大不了’。”

“哦。”

“你的反应真淡薄。”

“这不是梦吗？”

“话是这么说，但这个梦很让人震惊啊。不管是内容，还是父亲突然变成广冈的情景。”

“我倒是一直都知道的。你其实很认可我的父性。”

“我认可广冈的父性？我觉得自己从来没表现出这种态度。”

“女人不也有这种直觉吗？感知到某个人喜欢自己的某个方面。男人也多少感觉得到对方喜欢自己的哪方面、认可自己的哪方面。”

“哼……”我低声嘀咕，对着镜子注视着给我吹头发的广冈。

“看你一脸欲言又止的样子，我姑且问一句，今天有什么特别的安排吗？”

四年间从未要求做过剪发以外项目的我突然拜托他做造型，他会感到不可思议也是理所当然的。可即便如此，我总觉得被他看穿了心事，不由得皱起眉头，一时间不知该怎么说。踌躇片刻，我回答：“我和一个男人有约。”

“你爸爸？”

“不是。是在咖啡店工作的人。”

“你在担心什么？”

担心。我跟着念了一遍，却总觉得别扭。我在担心吗？

“我本来就不擅长和男人打交道。保持长期往来的男性也就父亲和广冈了。”

“我也就给你剪剪头发而已。”

“我父母离婚了，妹妹老是谈着没有结果的恋爱，所以在恋爱方面没什么好的样本。”

“你妈妈离婚之后没有再跟人交往吗？”

“似乎交往了几个人，但没跟我们介绍过，大概没有让她打算结婚的对象吧。广冈的父母也离婚了吧？”

“我妈是在我上幼儿园的时候离婚的，在我十一岁的时候再婚了。说是奉子成婚。妹妹和我年纪差太远，我继父是个和平主义者，人挺不错的，就是有点嬉皮士的调调，让我喜欢不起来。所以高中毕业后不久我就搬出去了，开始在美发室工作。”

“现在你和母亲她们关系好吗？”

“一般般吧。妹妹偶尔会来剪头发。”

“广冈现在有自己的家庭了不是吗？那你会怎么想呢？比如，会不会与自己的原生家庭做比较呢？”

“这倒是没有。毕竟是两码事。你这是在做采访吗，像是‘离异家庭孩子们的后来’一类的？”

“倒不是这个意思，只是好奇大家都怎么看这事。”

“我觉得还是别想太多吧。”

广冈按我的要求，用卷发棒缓缓地卷起我的头发。看着镜中的自己渐渐显出跟往常不同的氛围，我有些不知所措。

“什么都别想，直接投身进去不就行了吗？”

鸭嘴夹挂住了头发，广冈抽下发夹的瞬间，我感到一阵刺痛。我皱了皱眉，广冈连声说着“抱歉”，用指尖揉了揉刚才夹着鸭嘴夹的地方。

“要是有什么就给我打电话。”

仿佛被广冈揉过的那部分脑袋里储藏着记忆一般，爸爸放在我头上的手掌的温度突然随之复苏，我身体里同时涌起了动摇和感动。“如果害怕随时来我身边”——我和爸爸两人在法国生活的时候，临睡前爸爸总会把手放在我头上这么说。如同魔法咒语一般，每晚我非得听到这句话才能入眠。爸爸因为几个月一次的餐会或去观赏戏剧不在家，由保姆哄我睡觉的时候，我总是睡不着，睁着眼睛躺在床上直到爸爸回来。

“果然是父性吗……”

广冈对我的自言自语嗤之以鼻，他一丝不苟地卷着我的头发，仿佛在制作精细的糖艺一般。

咦，店里还有这玩意儿？站在收银台前，我一边掏钱包一边伸手指了指。广冈回头看了一眼说：“啊，你说磨砂膏？”

“欸，你们店里也开始卖护肤品啦？”

“好像是叫身体磨砂膏吧。里面有像盐一样的东西。我也在用哦。”

广冈的说明粗略得简直不像个美发师。我也来一支吧，我对他说。

半透明的紫珍珠色瓶子，像极了小时候妈妈心血来潮买给我的指甲油的颜色。四岁的杏不知怎的老是分不清指甲油和口红，时常嚷嚷着“给我涂口红”，央求我给她涂那个指甲油。杏还小，只能涂小指头哦。听我这么一说，杏便会双眼发光地盯着指甲油的小瓶问：那等我长大了可以全部都涂上吗？

结了账，我拿着装了软管的纸袋，走出了美发室Epsilon。光是来了一趟这里，今天便有了意义。或许我是想借着来Epsilon，借着跟广冈聊一聊，来埋下伏笔使得自己能这样想吧。若是如此，那我究竟有多么怯懦，究竟有多么畏惧那般温柔又和蔼的人呢？

你好。两人几乎同时开口，而后面露微笑。他露出笑容的时候，脸上会呈现出实实在在的喜悦。我到底是在害怕什么呢？刚才的不安简直不像真的，水位一下子就降了下去。

“我开心得都快要喊出来了。”

“喊出来也没关系。”

“你这么说的话我真的会喊出声哦。”

我几乎有些目眩神迷地注视着光也，接过了菜单。我看着菜品犹豫不决的时候，听见光也说：你头发烫卷了也很可爱。我埋头死盯着菜单，微笑着说了声“谢谢”。

“我推荐蛋包饭。”

“那我就点蛋包饭吧。然后，餐后来一杯卡布奇诺。”

好的。光也应了一声，回到吧台里。他活像给父母打下手的小孩子一样兴高采烈，我隔着吧台看着他，不由得有点担心。不要紧，没事没事。光也一边搅动着平底锅里的蛋液，一边对我微笑。他将叠成纵长块状的蛋皮盛放在整整齐齐堆成菱形的鸡肉炒饭上，软绵绵的蛋皮随之晃动。光也把盘子放我在面前，然后轻轻地用小刀从蛋皮正中划过，流心顺势铺下来盖住炒饭的两边。哇！我不禁感叹出声。成功啦！光也一下子跳了起来。

“好厉害！绵绵稠稠的流心。”

“其实这种做法我从来没成功过。”

“真的吗？”

“嗯。往常我都做用两个鸡蛋煎一张蛋皮把饭整个裹起来的普通蛋包饭。但我一直都很想尝试这种流心的，偶尔趁做员工餐的时候练习手艺。”

“这个打了几个蛋啊？”

“三个。”

“这么多？”

“蛋包饭上要写什么？”

“交给你了。”

那……光也边说边灵巧地用番茄酱写了个“欢迎光临”。番茄酱一点点地渗透到浓稠的半熟流心蛋中。光也道了声“请用”，递上勺子，我回以“谢谢”，颔首说了声“我开动了”。舀上一勺番茄酱和半熟流心蛋加鸡肉炒饭送到嘴里，酸味和甜味，以及多汁的鸡腿肉的香味在口中轻柔地交融在一起。真好吃，我说着又吃了第二口。真不可思议。和光也在一起的时候，食物比往常好吃多了。母亲有进食障碍，杏又是个觉得吃饭跟给车加油差不多的人，能与他人分享美食的愉悦是十分新鲜的体验，好开心。

“好久没吃过别人亲手做的菜肴了。”

“是吗？”

“虽然偶尔也在外面吃，怎么说呢，像这样特意为我而做的食物很久没有吃到了。”

说着说着，忽然觉得心里堵得慌，我打住话音，又往嘴里喂了一口蛋包饭。

“我随时都给你做。欢迎随时过来。而且我也可以去任何地方给你做。”

不知什么时候回到吧台里面的光也胳膊肘撑着吧台，定定地注视着我，一脸满足地说道。

“你能来给我做蛋包饭吗？”

“去的去的。也受理那不勒斯风味意面、烩饭和各种三明治哦。”

我心里酥酥麻麻的，只好不停地在蛋包饭和嘴之间移动着勺子。还剩几口就要吃完的时候，用奶泡做成心形拉花的咖啡被端到了我面前。

“我还可以带上牛奶起泡器，随时去给你做这个。”

长这么大从未有人像这样对我示好，与其说高兴，我的心情更接近不知所措。

“下午好……”

洪亮的声音突然传入耳中，我和他齐齐回头看去。光也说过五点钟交班，我正想着差不多该来了，果然，一边系着围裙一边走过来的人似乎就是他姑母了。

“啊，初次见面！”

她以轻快的声音招呼道，光也伸手示意，介绍道：我姑母。

“光也跟我说过你是个特别棒的人。很高兴见到你。这孩子有点古怪，不过人很不错的，请多关照哦。”

听说她是长年旅居德国的音乐家，我一直想象她是个不苟言笑的人，却原来是个纤细又轻盈，带着女学生气质的女性。让人忍不住感叹：原来她是以这种方式在国外生活的啊。

“你叫她星姨吧，写作星辰的星。”

“初次见面。我叫中城理有。”

“你交班吧，剩下的我来做。要把她介绍给你的姐姐们吗？”

“别打趣我啦。今天只是邀请她来吃蛋包饭的。”

光也难为情地回答，然后问道：我换件衣服就来，等我一会儿好吗？我点了点头，他留下一句“我马上回来”，便进了店里头。只有两位客人的店内总让我觉得些许不自在，这时星姨把一杯冰水放到我面前。

“光也他铆足了劲儿做蛋包饭，忘记给你倒水了吧。”

“谢谢。”

“今天要去哪儿玩啊？”

“打算去看电影。”

“中城这个姓还挺少见的。”

“是的，经常被人搞错发音[①]。”

---

① 在冲绳古语中，“中城”读作Nakagusuku，而文中姓氏“中城”读作Nakasiro。——编者注

“正中间的中加上城堡的城吗？”

“是的。”

“哎呀，你知道一个叫中城由利佳的作家吗？”

“呃……”

“嗯？”

“那是我母亲。”

遮遮掩掩也挺不好意思的，我索性说了出来。然而看到瞪大了眼睛的星姨，我暗暗后悔不该说出来。

“真的？欸，光也知道吗？”

“不，我没说过。”

“那孩子有中城女士的书哦。他知道一定高兴死了。”

“欸？”我忍不住出声，心头仿佛被滴了墨汁一般阴郁了下来。仅仅是想到光也读过母亲写的书，我就一阵反胃。我不知为何总以为光也是不会读小说的人。不过仔细想想，一个在轻音部搞乐队，为了避免闲人接近而随身携带玩偶的人，怎么想都应该离小说很近。

“那个……”我一边在包里翻来翻去一边站了起来。不好意思，今天我先回去了。我低声说着，从钱包里掏出两千日元放在吧台上，转身向店门走去。

欸，理有小姐？星姨一脸诧异。请转告光也，我非常抱歉。说罢我推开门走了出去。我已经翻过了母亲那一页。十分满足于如今没有母亲的生活，好好地过着日子。但为什么这个世界还要让我想起母亲呢？我不由得心生懊恼，把力气都使到了脚步上。也许是迈步带来的震动使得用来固定半马尾的U形发夹松动了吧，我感到头皮微微发麻，于是伸手从蓬松的卷发里抽出一根U形夹，快步走向车站。

我早就注意到手机响了很多次。是光也打来的。我躺在床上，任凭手机扔在包里，完全没心情把它拿出来。杏最近似乎中午才去学校，然后一直疯玩到深夜。好像是和晴臣和好了，丝毫没有回家的迹象。她在晴臣独居的家里留宿，一晚两晚不回家也是常有的事。尽管如此，她若是回到家，就仿佛自己理应受到欢迎似的，缠着我问：今天吃什么呀？杏从来都只考虑自己。只在乎自己的快乐。而且她总认为所有人都爱她、为了她的快乐尽心竭力乃是理所当然。我趴在床上，总算拿出了手机。“我惹你不高兴了吗？”“听说姑母提到了你母亲，问及你的隐私真是对不起。”“当然，我并不知道理有母亲的事情。”

“我是说，我的确读过几本你母亲写的书，但我并不知道作者是理有的母亲。”“无论如何，我希望今后可以和理有走得更近。”“我等你联络。”读完接连发来的短信，我用手机上的 Skype 拨通了爸爸的电话。心想着爸爸那边还是中午大概不会接，谁知电话还没响第三声视频通话就连接上了。

“怎么了，这么突然？”

以往我总是先发短信确认可否通话，然后才打电话，爸爸朝着我露出意外的表情。爸爸身后没有其他人在的样子。只要看到爸爸一个人待在房间里，我就会感到放心。当然，恋爱或是结婚都是爸爸的自由。不过，爸爸独身一人这件事，或许抑制住了我内心的某种情绪。

很像艾利亚斯的那个男人，是妈妈小说的读者。我开门见山地向爸爸讲述了今天我中断预定计划、打道回府的原委。

“理有在不高兴什么呢？为什么要在意由利佳呢？”“我才没有在意。只是觉得被妈妈诅咒了。我根本没有在意！”“由利佳是得了病。所以呀，由利佳的病也好死也好，都和理有毫不相干。”

我心中既希望爸爸表示这与我无关，又希望他认为与我有关。既有被爸爸认为无关而大受打击的一面，又有暗自庆幸“瞧瞧，果然跟我没关系”的一面。

“那是一种自体中毒。自己的体内分泌毒素，不断地输送到整个身体，一个劲儿地衰弱下去。就是这种感觉。你大可以认为由利佳是因为拉面不好吃这一类理由而痛苦不已。你把她当作僵尸就好。就算具有相同的人类形态，也是以迥然不同的原理存在的。去揣测由利佳是怎么想的不会有结果。她那种人，即使你想要与她产生共鸣，也是白费功夫。”

的确，截稿日前母亲的焦躁和四处检查的冲动常常令我们郁闷不已，尽管如此，她却从来不曾向我们袒露过自己的感情。就连酩酊大醉的时候，母亲也从未让我们看到过她哭泣或是闹腾的样子。与此同时，母亲也从未因为看到我们高兴而欣喜，因为看到我们悲伤而难过。我一次也没见过母亲与谁产生共鸣。说到底，她真的拥有感情这种东西吗?

“和这样的人在一起，爸爸不会觉得空虚吗？”“因为我不把共鸣作为与人进行交流的本源。”“什么意思？”“因为对同一件事物感到喜悦或悲哀，进而变得亲密——我不会以这种方式与人进行交流。当然，如果对方寻求帮助，我愿意伸出援手，可由利佳并没有向我寻求任何东西。大概由利佳最心知肚明，这不是能请人帮忙的问题吧。”

母亲或许就是被爸爸的这种地方吸引才结婚的吧。也许正因为他是个不会由于她的存在而产生丝毫动摇的人，她才选择了爸爸。这对于他俩来说算是一种幸福吗？我想象不出。

“妈妈有没有对谁吐露过自己的感情或心绪呢？”“由利佳有小说的世界。”

我偷偷读过一篇母亲的访谈，其中有句话让我印象深刻。总是揶揄调侃、不正面回答的母亲的言语当中，我觉得这句是发自内心的。采访人抛出话题：读中城女士的小说，会感觉难以直视的东西被强行摆在了眼前，令人痛苦不堪。而她回答说：“我执笔小说的时候才是最为自由的时候，越是直面现实的时候则越是绝望。因为小说里面没有一个人知道我的存在。”为了使母亲能够埋头于小说的世界，我承担了所有家务。还有各类手续和事务性的工作。即便如此她也一直处于煎熬之中。我不明白，她是如爸爸所说，自体中毒一般自己造成了痛苦呢？还是因为自律神经失调症和酒精成瘾，导致身体吃不消了呢？抑或是遇到了我不得而知的工作烦恼和瓶颈，或恋爱纠纷呢？从母亲去世的几年前起，似乎有什么人不断地削弱着她的生命力。

“如果你喜欢那个艾利亚斯，还是跟他联系一下吧。”

“是啊，我知道。抱歉突然给你打电话。”

“没关系的。有事随时联系我。”

我忽然想起了爸爸说过的话，喃喃念道：“如果害怕随时来我身边。”爸爸愣了一下，表情随即柔和下来。真怀念啊，他说。我久违的想见爸爸了。

关掉 Skype 后我在床上躺了一会儿，心不在焉地思考着下周要交的小论文题目，这时手机响了。不是“艾利亚斯”，而是广冈。“我把身体用的装成面部用的了吧？”我一下子没懂他的意思，想了一会儿才明白过来，摸了摸包里。打开小纸袋一看，里面装的的确是比身体磨砂膏小了一圈的面部磨砂膏。“确实是面部的。”我回复道。对方回信说：“下次路过店附近过来拿一下，面部的送你了。”“非常感谢。”我输入之后犹豫了片刻，又追加道：“结果发生了些事，还没约会就打道回府了。”我起身去喝睡前的白开水，顺便把磨砂膏放到洗脸台上，走进厨房，打开添好水的电水壶开关。自从我读了一篇报道，说是手脚发凉的人要注重提升基础体温后，就一直身体力行。起床后和就寝前，一天必须喝两次白开水。虽然杏嗤笑说这跟迷信似的，但我确实感到自己的基础体温升高了。今天我也在日常使用的马克杯里注满白开水，回到房间。等待五分钟，待白开水变凉，用十分钟喝完，回到厨房冲洗马克杯，然后睡觉。这是我坚持了四年的习惯。

察觉到书桌上的手机屏幕亮了，我拿起手机，放下马克杯，手指划动屏幕。“我现在在新宿，你过来。”我一时不明就里，按键返回到聊天列表。确认了短信是广冈发来的，我又看了一遍内容。这四年来，我和广冈的关系也就维持在每三个月去他店里剪一次头发的程度。我去留学之前告诉了他邮箱地址，留学期间相互发过两次邮件，但我们的来往也仅止于此。我凝视着短信，感到莫名其妙，为什么非得突然叫我去新宿？为什么还是以“你过来”这种高高在上的口吻叫我出去？凭什么啊？他和谁在新宿的哪儿呢？找我有什么事呢？正当我反复输入回复又删除的时候，又收到一条短信——“鸡太郎新宿南口店”。啊，我想起来了。这是以前广冈提过的那家烤白肝[①]特别好吃的店。犹豫了片刻要不要拿起放在书桌上的马克杯，我还是摘下眼镜，打开了隐形眼镜盒。

---

① 即鸡的脂肪肝，因为含脂肪量较高，颜色比普通肝脏偏白，腥味也较小，但产量较少。

我回来啦！我高声招呼道，但没人应答，敲了门后推开房门，我终于意识到理有没在房里。搞什么嘛。我自言自语着正要关上房门，突然发现理有的马克杯放在书桌上，我的脚定住了。因为水洒出来会弄坏电脑的缘故，理有喝白开水只限睡前十分钟，喝完马上清洗马克杯。我深知理有的古板，不由得打开了房间的灯。既不见她的包，也没看到手机。看起来她是自己主动出去的，我松了口气，回到自己的房间。

最近理有的举止有些奇怪。她一反常态时刻不离身地把手机揣在衣兜里，时不时还盯着手机微笑。一定是男人。我的心情一下子愉悦起来，往床上一躺，拿起了平板电脑。理有还是先在打扮上下点功夫比较好。最好把隐形眼镜换成美瞳，让黑眼珠看起来更大一些。最重要的还是应该想法子改改她那阴沉的氛围。明天第二节课去学校上课，中午过后就去涩谷一带逛逛帮理有买衣服吧。想着想着，我心里飘飘然起来，她的包土里土气的，钱包也破破旧旧，鞋子穿高跟的会显得身材更好……我一边思考着理有的全身配搭，一边浏览时尚网站。明天中午去涩谷哦。给晴臣发了短信，我去厨房拿出啤酒，抠起易拉罐拉环。窗帘敞开着，我没有开灯站在窗前。高楼、云、广告牌、点点星光和几乎正圆的月亮。我回过头凝视从走廊洒进厨房的灯光。放眼看向客厅，我重新认识到这个家里只有我独自一人。

妈妈死后，我们在姥爷家住了半年左右，搬到这里以后已经过了一年半。以前和妈妈同住的房子是3LDK[①]，现在的房子是2LDK。以前的房子格局比现在的房子多出一个妈妈的房间，妈妈的房间直接连着客厅。爸爸离开了，妈妈离开了，理有离开了，理有又回来了。平常晚上不会出去玩的理有，现在在哪儿，和谁一起，在做什么呢？

掏出震动的手机，看到晴臣的短信“明白。早上

---

① LDK分别指客厅、餐厅、厨房。3LDK指除客厅、餐厅、厨房外，还带三个房间的格局。2LDK则是两厅两居室。

你来学校吧？”我回复“去的去的”。理有喜欢的人，是她男朋友吗？会是怎样的人呢？迄今为止理有交往过两个人。第一个是在上初中的时候，一两个月就分手了。或许只是出于好奇吧。第二个叫作樋口，是高中同年级的学生。理有的初吻和初夜大概都是和樋口发生的。樋口看起来正经八百的，像是做班委的类型。但我把耳朵贴在墙上偷听他俩在隔壁房间亲热的时候，听到他低声问：“可以不带套吗？”自那以后，我便在心里认定樋口是个渣男。不行！理有毫不留情地拒绝了。后来，就算打了照面我也一次都没理会过樋口，他跟我说话我也彻底无视。不用说理有，连妈妈都问我怎么回事，但我始终没有回答缘由。虽说樋口确实提出过不带套的要求令我讨厌，但为什么我不想再搭理他，我自己也说不清楚。可能原本我就觉得那家伙烦人但一直忍着，终于因为不带套的发言而突破了我可以容忍的范围吧。不过，在妈妈死后不久，她和这个樋口也分手了。虽然理有说从不久前就相处得不太顺利，但我猜她是觉得一切都烦透了吧。妈妈死后的几个月，理有连每天雷打不动的白开水都没喝。

我端着啤酒去了盥洗间，正要拿美容按摩器，忽然发现洗脸台旁边放着几枚U形夹，以及从未见过的面部磨砂膏。我和理有不用一字夹以外的发夹。拿起陌生的U形夹，我忽然想了起来。这么说来，理有回国后马上就去剪了头发。是她长期光顾的表参道那家美发室。我听理有提起过几次一直帮她打理发型的店长。她说他态度冷淡嘴又损。理有喜欢的是像爸爸和樋口那种，与所谓的不良少年型完全两个极端的类型，所以我根本没考虑过她会和嘴损的发型师交往。不过我记得，当我评价说："他多半是有意扮演着霸道型吧？"理有却强烈否定道："他和霸道型完全不同。"这倒是让我有些耿耿于怀。可她说过他有小孩呢，我自言自语出声。发出声音的瞬间，我的猜测忽然有了分量。一边用美容按摩器在下巴上滚动，一边回到房间。我仰卧在床上，滚动按摩着脸颊，闭上了眼睛。二十岁就跟人搞婚外恋吗，好沉重……我闭着眼自言自语道，忽然有了一丝愉悦。

所以，到底是谁？是那个发型师吗？我思量着晴臣的问题。我决定了，在理有自己开口之前都保持缄默。是吗，晴臣说着点点头，头发红得鲜亮。说是昨天突然心血来潮，在便利店买了染发剂染的。因为本来就在美发室漂染过，所以他自己在家染得还不错。

许久没来麦当劳，因为正好是午餐时间而异常拥挤。柜台前排起了长龙。从我升上初中一直到理有去马来西亚留学之前，理有每天都为我做便当。我时而回家时而外宿所以没立场抱怨，但从马来西亚回来的理有却不再为我做便当了。

“啊！”

“欸，什么什么？”

“要不我去看看吧，那家美发室。”

“那个霸道型的发型师那儿？”

“嗯，去调查。”

“但要告诉他你是妹妹吗？那你姐姐不就得知道了？”

“那就不说。”

“可你要不说又怎么打探他和你姐姐的关系呢？”

“没事。我只是想知道他是个怎样的人。是好人还是坏人，稍稍聊一聊就知道了。”

“杏没有去过吗？”

“没。只是听理有提起过。”

“欸，那我也去吧。我们预约同一时间段，杏让那个人剪头发，我找别人剪。听起来还挺愉快的不是吗？”

我伸手摸了摸晴臣的头发。他用发箍把头发往后推起，仿佛狮子的鬃毛。

“阿臣去做个头发护理吧。”

也是哦。晴臣笑着摸了摸发梢。我的手心贴上他的脸颊。晴臣的头发因为再三染色而变得跟真的鬃毛一样干涩卷曲。

咦？店名怎么写的来着，完全想不起来，记得里面好像有个 E……我边说边和晴臣分头检索表参道的美发室，好不容易找到一家叫作 Epsilon 的美发室。看到发型师简介的页面，我终于想起了名字。对对，就是广冈。我说罢立刻打了电话，对方说今天不能预约，于是约了后天的两点。十分钟后晴臣打电话预约了后天两点做头发护理和头部 SPA，没有指定发型师。

“喂，阿臣。”

“嗯？”

“我希望理有能够幸福。希望理有能够尝尽令人心醉神迷的幸福。”

“令人心醉神迷的幸福，比如呢？”

“怎么都可以啦。婚外情也好，寻常的恋爱也好。不是恋爱也行。工作也好，追星呀，兴趣呀都可以。为此可以舍弃生命——我希望她能对某种事物抱有这样的执着。理有她呀，大概从来都没有过。从未热衷于妈妈以外的人或事。所以妈妈死后她一直都非常空虚。虽然理有还挺重视我的，但跟她的前男友是同一级别的重视，并没有觉得为了对方即使死掉也无所谓。”

“你姐她，愿意为了妈妈去死吗？”

“这我不清楚，不过理有是妈妈的狂热崇拜者。或许跟喜欢不同，怎么形容呢，是近似于执念的感情吧。所以妈妈死前的几年，我总觉得家里的气氛非常诡异。妈妈好像酒精上瘾，而且多半还有精神问题，理有为理解、支持这样的妈妈拼尽了全力，再加上最喜欢她们俩的我……用语言表达出来总觉得怪怪的。爸爸离开后，我一度有种置身女人的堡垒一般的快感。但现在想起来，当时如果爸爸还在，或许家里的气氛也不会变得那样一触即发吧。”

“我说，杏。要不要和我一起住？”

“怎么突然问这个？”

“我不喜欢杏生活在那样的地方。我希望杏能够在从容一些的寻常环境中生活。”

“现在不要紧的。我和理有相处得挺好，而且我最喜欢理有了。”

晴臣一脸不安地把几根已经冷掉的薯条塞进嘴里。

“我发现杏有点变了。自从你姐姐回来以后，你就总给人一种走投无路的感觉，虽然只是一点啦。”

“才没那回事啦。什么都没变。我有和理有一起生活的公寓，有晴臣的公寓，有时候也去朋友家或者俱乐部玩个通宵。目前像这样东游西荡就最好不过了。”

好吧。晴臣闹别扭似的说道。我用手指戳了戳他，我俩用薯条互扔，嬉戏打闹。真庆幸我能和晴臣交往。前阵子被带去警察局接受训导的时候，那时的我根本就不会相信这点，但理有回国之后这种想法却愈发强烈了。也许晴臣刚才那番话说中了一些。我自己也没意识到，理有不在的时候，我其实多少有种解脱的感觉。而理有回来以后，世界似乎变得阴暗起来。

买完东西去趟新宿？晴臣提议，我点头赞同。“去趟新宿”是晴臣想去练舞的潜台词。等新宿西口的大楼熄灯之后，对着像镜子一样映照出人影的玻璃墙面舞蹈。

“也叫上其他人吧。久违的拉上一大帮人。”

“可我不会 Jumpstyle 啊。”

“杏跳曳步就行。”

“好久没在室外跳过了。”

阿臣在舞友的群聊里喊话：“有人来新宿吗！”三三两两地，人们开始响应。在这个什么都没有的地方，能量零零星星地汇聚起来，我喜欢这种感觉。一旦发出邀约，想跳舞的人们就聚拢起来，一起沉醉于舞蹈。我的记忆十分唐突地重现——那是小时候，在家附近的公园，理有把含在嘴里的糖掉到地上的事情。看到蚂蚁一只只地聚集过来，理有兴高采烈地代替蚂蚁们喊起来：“过节啦！过节啦！”也许我就是蚂蚁，而理有始终都只是从上方俯视的人。理有永远都不会参与到狂欢中来吗?

下午好——！门上的铃铛“叮咚叮咚”响起，店里此起彼伏地响起“欢迎光临”的应答声。您是第一次来吧？店员问道，递给我一张顾客信息表，我写下“大冢麻里”这个假名和晴臣的住址。我跟预定在几分钟之后到的晴臣说好，让他写他母亲家的地址。万事俱备。

“我是为您做发型的广冈。”

“你好……”

我在镜前的椅子上落座，扭头仰视广冈。

“今天想剪什么发型？”

完全没考虑过的我指着眼前的一本发型图册问：可以看看这个吗？广冈回答“好啊”的同时我拿起了图册。正在这时，传来了“叮咚叮咚”的响声，我在镜子里看到晴臣来了。广冈一边梳着我的头发，一边自言自语似的喃喃低语：你的发质真少见呐。

“这是自来卷？”

“嗯，我没烫过哦。啊，就剪这种吧。”

“这个？那，把发梢线条拉直一些，过肩留二十五厘米左右？”

“嗯。就跟图片一样的感觉。然后可以不要齐刘海，我想要那种流动感的斜刘海。”

“明白。”

合上图册，我和正往洗发台走的晴臣一瞬四目相对。

“我先就这样干剪，洗头之后再修型。”

好的。我回答，双臂穿过轻轻罩在身上的美发斗篷。我对着镜子目不转睛地观察起广冈来。略厚的嘴唇，一双三白眼。头发稍稍带点波浪，打理得十分清爽，跟个秘书似的。浅蓝色衬衫的袖子挽起，色调也挺淡雅的。

“大冢小姐是第一次来我们这儿吧？”

“嗯。”

“怎么知道这家店的呢？”

“网上。”

“哦。”

我注视着把头发分层别起来的广冈，总觉得难以想象这双手触碰过理有，心中的疑问越来越大。

“广冈哥结婚了吗？”

“结婚了啊。大冢小姐呢？”

“没有。我才十六岁。”

“啊，这样，原来这么年轻呀。”

“有小孩吗？”

“有啊。儿子。大概比你小一岁。”

“和儿子关系亲近吗？”

“平平常常吧。怎么像在审讯似的。”

“我很好奇广冈哥是个怎样的人啊。”

“为什么？”

“因为你很有魅力嘛。”

“你呀，是不是认识我啊？”

广冈带着苦笑说。他既没有显得厌烦也没有显得高兴，但看样子再追问下去他大概就会提防了，于是我笑着回答：没有。一旁传来晴臣深深感动于头部 SPA 的赞叹声：这个也太舒服了吧，超爽耶！我险些笑了出来，忙把目光移到杂志上，忍住笑。

“话说……”

“嗯？”

“其实……”

“嗯。”

“我男朋友，以后想做发型师。比方说啊，发型师有可能和客人发展成恋爱关系吗？”

广冈抬头望着天花板“唔”了一声，给出了一个说不上是回答了还是没回答的答复——不能说没有，但也不算常见吧。

“你是高中生？”

“嗯。”

“没有人挖你去做模特儿吗？”

“偶尔会有，但我没做过。”

“是讨厌做模特儿吗？”

“倒说不上讨厌，只是没兴趣。”

“哦。我觉得你的长相挺适合做模特儿的。”

“适合自己的事正好是想做的事，这种人可真幸福。”

“你有什么梦想吗？”

梦想。好久没有听过这个词了。梦想，这个词里蕴含着冲击力。刚才自己的刨根问底、晴臣、学校什么的都一下子烟消云散，只留下“梦想”这个字眼静静地盘踞在我心里。我的梦想……我的梦想是……我在脑海中自言自语。我的梦想是，和理有、妈妈三个人一起和乐融融地生活。

这个梦想一辈子都无法实现了。我很清楚这点。一直都很清楚。妈妈过世两年了。为什么现在突然觉得这是一个令人难以接受的事实呢？

妈妈不在了。理有、妈妈和我三个人一起生活的事已经无法实现了。如此理所当然的事情，这两年间我都没有想明白吗？我忽然看向入口的玻璃门，然后抬头望向天花板。天阴下来了。我这么觉得，可外面是晴天，店内照明也亮堂堂的。尽管如此，我却感到头顶一下子阴云密布，不由得环视四周。

“你怎么了？”

不知道，我无声地回答。突然剧烈跳动起来的心脏吓了我一跳，我按住了胸口。咦？我疑问的声音化作无声。仿佛全身都变成了心脏一般，整个身体都在扑通扑通地震颤。我突然头痛欲裂，越来越喘不过气。我的呼吸越来越微弱，映入眼里的东西都开始缓缓地旋转。我要死了吗？广冈双手接住了向前倒下的我，取下围在我脖子上的毛巾和美发斗篷。胸口难受得不行，我抓挠似的拉扯着衬衫的领口。耳边传来女人的声音：你不要紧吧？怎么了？剧烈的恐惧令我差点尖叫出声，可我无法吸入空气来喊叫。又听见有人说：要叫救护车吗？广冈回答：稍等。晴臣的声音传来：杏？你怎么了？杏？然后我听见有人说：先带她去休息室。我被广冈抱着进了休息室。广冈把我放在沙发上，抚摸着我的肩膀说：镇定一点，没事的。试着慢慢地呼吸。我的手脚都缩得紧紧的，无法放松。在剧烈呼吸的间隙，我对广冈背后的晴臣说：“好难受。”

“不要紧，很快就会好了。”

不要紧才怪。我无法吸气。宛如喉咙塞着个橡胶球，我只能透过细微的缝隙吸气。手脚开始一点点麻痹。如同站在高处俯瞰脚下时一样，全身上下都在畏惧。好害怕。世界似乎突然变得面目全非。我就像被扔进了恐怖电影里似的。

“杏？还好吗？怎么了啊？”

“你认识这小姑娘吗？”

“是的，我们一个学校。”

“她是有什么宿疾吗？”

“没有。从没听说过。”

“是吗？大概是惊恐发作吧。我觉得应该不至于是心脏病。一定很快就能缓过来。”

晴臣握着我的手，凑过来看着我。不要紧、不要紧、不要紧……晴臣反复低语，他的手不住颤抖。不要紧才怪！我想要大叫，可是呼吸困难无法发出声音。快叫……救护车。我好不容易挤出几个字，握住了晴臣的手。晴臣一脸迷茫，就像个被人操控的提线木偶，从后裤兜里掏出了手机。这时，广冈伸手制止了晴臣，凑过来看了看我。

“闭上眼睛，就两分钟也好，慢慢呼吸。”

我闭上眼睛，仿佛被放逐到森林中，感觉面目狰狞的生物马上就要从左右的阴影中扑过来袭击我。吸气，呼气，我按照指示慢慢呼吸。也不知道重复了多少次。咦，好像……缓过来了些，我说。能说得出这句话就让我放心不少。渐渐地胸口的痛苦开始减轻了。

“我认识的人里也有患上惊恐障碍的家伙。你刚才跟我听说的症状一模一样，所以我想大概就是吧。听说一开始大家都以为是心脏病发作呢。”

广冈解释道，他从饮水机接了杯水端过来。我试着起身，但脑袋像被虎钳紧紧夹住似的，一阵头疼和恶心袭来，我只好放弃，又躺了回去。

“慢慢来，别急。你呀，还是先把你的脑袋搞定了再来吧。”

我再次看向头发滴着水、还穿着美发斗篷的晴臣，挤出一丝笑容。

“没关系吗？”

“嗯，没事，你去吧。”

我很快就回来。晴臣留下这句话便匆匆忙忙回到店里。

“对不起。”

“啊？”

“我是不是说了什么奇怪的话啊？不是说惊恐发作是有契机的吗，像是乘电车呀，身处狭小的地方之类的？是不是斗篷扣得太紧了？”

不，是关于梦想的那番话。我这么想着，摇了摇头。别在意，我轻声说，缓缓地撑起上半身，接过了杯子。简直令人不敢相信。直到刚才心脏的跳动还剧烈得难以置信，难受得要命，我都以为那样下去必死无疑了，然而现在心悸基本平息下来，只剩下头疼和浑身发热。

“你难受的时候，害怕吗？”

“害怕。还以为自己要死了。”

“我不是这个意思，除了身体以外，你有觉得害怕吗？”

“害怕。最开始觉得天阴沉下来了。就像黑压压的云层一下子罩在了头顶上，就像被鲸鱼吞进肚子里一样的感觉。”

“听说惊恐都伴随着强烈的恐惧，大概就是这样的吧。最好还是去趟医院看看。”

“我讨厌医院。”

“真亏你说得出口。”

胃里还有压迫感，我挺了挺背。啊，先保持这样，面朝这边。我按广冈的指示反向坐在沙发上，于是他掏出剪刀剪起我的头发来。

“我先姑且把长度剪齐整。你让刚才那个红发的男孩送送你。等你身体恢复了再来。到时候再付钱就行。”

可我明明已经没事了啊，我暗想。但转念一想，我现在这个情况也不好这么说，便答应下来。

“顺路经过的时候来就好。我周二、周五不在店里，这两天以外都行。”

“谢谢。广冈哥真是个好人。”

“你呀，对长辈呀，前辈说话都不会用敬语吗？”

“初次见面就你呀你的，不也一样吗？”

“我也是不会用敬语，没少挨过训呐。”

我突然想起晴臣刚才一直叫我“杏”。这个人知道我用了假名，而且也察觉到了我和晴臣来这里是商量好了的，却只字不提。如果是这样，也许根本就没有我需要打探的事情。不去窥探他人背后的东西，不去揭露他人想要掩饰的东西，这样的人，哪怕他结了婚，哪怕年龄相差不小，我觉得也挺好。

坐进出租车的我和晴臣一直牵着手。晴臣看起来惴惴不安。我也为自己经历的事情而心神忐忑。和广冈在一起的时候明明觉得恐惧已经消失殆尽了，可跟晴臣两个人的时候恐惧又死灰复燃了，真是奇怪。

“我好害怕杏会死掉。”

“那个人叫我最好去趟医院。”

“去看看比较好。杏的妈妈就是心肌梗死吧？说不定心脏不好是因为遗传呢？我常去的心脏外科好像挺有名的，你就去检查一次也好。”

我脑子里一片空白，什么也答不上来，只是默默地盯着窗外。直到两小时前我所看到的风景，与现在看到的风景似乎完全不同。仿佛装上了透明的黑色滤光片一般，往常的世界看起来如同地狱。往常的世界看起来如同沉重而又毫无希望的荒地。我带着一种从其他世界初来乍到的心情，头靠在座椅上，注视着涩谷的街道。

我在晴臣家待了三天。这三天我都是下午才去上课，本想着马上去趟 Epsilon 却没去成，而且还因为晴臣担心，除了上学以外我都没能出门。不过，平时根本不做饭的晴臣为我做了炒饭和意大利面。这令我产生了一种错觉——我们商量着“明天我来做饭，你想吃什么”，然后一起查食谱，一起洗餐具，这段时间仿佛存在于与我们俩迄今为止的颓废生活脱离开的、完全不同的时空中。一起泡澡，泡完澡相互帮对方吹干头发，然后换上家居服窝在床上用平板电脑看视频，一起做作业，嬉戏打闹。我们真真正正地度过了一段无可替代的时间。

我第一次从晴臣身上体会到类似体贴——我认为这是晴臣欠缺的东西——的情感。我对晴臣抱有强烈的爱怜，与迄今为止交往过的人完全不同。晴臣修长的手指——丝毫不能给人带去安慰的、线条硬朗又十分骨感的手。白皙柔软的皮肤。总有些放荡不羁，而一旦对什么热衷起来就抿成一条线的薄嘴唇。像女孩子一样纤瘦的身体。因为跳舞的缘故比身体其他部分更有肌肉的腿。细长的脚趾。长相分明有些神经质，然而一旦露出笑容就魅力十足的巴掌小脸。做了头发护理后手感稍有改善的头发。原本鲜艳的红色头发有些褪色，发梢暗淡了些。他特别中意我以前常用的银色带齿发箍，最近在家也好，出门也好总是戴着。指甲总是剪得很深，双手拇指的指甲正中央都嵌着个凹陷。瞌睡的时候有个怪癖，老爱用拇指、中指和无名指这三根手指头捏住被套，在下嘴唇上磨蹭。他之前总说：我从婴儿时期起就总这样。他在床上看电影或 YouTube 的时候，只要这个怪癖一发作，几分钟之后基本就睡过去了。此时此刻，晴臣的一切一切，都令我爱到不可自拔。

“下次要不要去老家？”

“阿臣的？”

“嗯，我想把你正式介绍给我老妈。”

“不是已经见过好多次了吗？”

“我明年就满十八岁了，我想以结婚为前提，正式地跟她说说。”

开心的同时，又不由得暗想：这小子又在说些八字都没一撇的事了。

“二十岁之前都不可能吧？”

“杏不是只有个姐姐吗？没有能在身边守着你的人吧？如果又发生前阵子那样的事怎么办？我的话就能陪在杏的身边一直照顾你。”

“阿臣也不是一天到晚都和我在一起啊。如果只是想在一起，那同居就足够了，不是吗？”

“欸，杏不想跟我结婚吗？”

“因为你会劈腿啊。”

“我说过不会了。如果我再犯，你就阉了我。”

“骗你的啦。不是那样的。我是还不想让理有孤零零一个人。”

“你跟姐姐说了你在我这儿吧？”

“嗯。我们每天都发短信。不过我没告诉她发病的事。”

“还是告诉她吧。万一发生什么，知情和不知情完全是两码事。还有，还是去医院看看吧。我陪你去。”

“可能只是发作那一次而已，不用去啦。先看看情况，如果还有发作的征兆再去吧。”

“我觉得还是早点去检查比较好。不然总会担心再次发作不是？网上说，这种担忧有时也会引起下次惊恐发作。而且也有可能不是惊恐，还是心脏有问题。”

我不禁盯着晴臣笑了。晴臣挑起眉毛笑着说：“干吗？”我伸手抚摸他的脸庞，说：晴臣谨慎过头了，好奇怪哦。他的手覆上我的，晴臣垂下了双眼。

“好想结婚啊！”

“和晴臣结婚的话，大概会见报哦。标题就是：‘长冈真理之子未成年结婚’之类的。媒体本来就一直说你品行不端呢。”

前不久，有媒体报道晴臣的妈妈陷入热恋的消息时，就评论说她再婚的障碍是品行不端的儿子。而说起品行不端的具体内容，则刊登了一系列近乎事实的证言，什么流连夜店呀，喝酒呀，深夜鬼混，等等。一年前晴臣开始独立生活，不光是出于他自身的期望，也是为了避免带朋友回家被狗仔围堵，或是在自己家附近的扰民行为被拍下来。

“那些都无所谓的。老妈也不会在意。我的人生是我自己的，而且老妈也一直这么说。”

“这样啊。”

“嗯。从小她就对我说，不用顾虑她的这样那样。不过，她把育儿全都丢给了祖母和保姆，所以也明白自己没理由指手画脚吧。”

头枕在我腿上的晴臣仰望着我，伸出了手。我再等等也行，一定要和我结婚哦。晴臣这么说着，仿佛要把我的脸包在手心里一般触碰着我，他那双骨感的手冰冰凉凉的。好啊，我说道。晴臣的双手将我拉近，我们吻在了一起。晴臣宛如一条蛇——体温低，舌头细长，回过神时他已缠绕住我的全身，离不开了。或许在他的束缚之下，我正一点一点死去吧。

啊，来了，我低声说。晴臣在我身边探出身子，问道：欸，哪个哪个？

“啊……”

“嗯？”

“不是广冈哥啊。”

真的耶，晴臣听罢小声嘟哝，又补充道：是大学的同学吧。见两人推开玻璃门走进来，我朝着理有举起了手。虽然我原本打算在理有自己说出来之前什么都不问，可心里还是在意得不行。理有交了男朋友的话，我想见见，绝对要见见，我叫上阿臣咱们四个人吃个饭吧！磨磨叽叽不肯答应的理有拗不过我的吵嚷，于是总算答应在今天见面了。其实我早就从理有的态度看出来了，她交往的对象果然不是广冈。

“初次见面。我叫奥原光也，现在正和理有小姐交往。”

我默不作声，微微颔首打招呼。或许是看出了我没打算自我介绍，理有介绍道：“这是我妹妹杏，还有她男朋友……”晴臣笑容满面地接过话茬：“我叫晴臣。请多关照哦。”他伸手与光也握手，开心地把菜单递给他俩问：“要吃什么呢？”

“这里的意式辣番茄酱面很好吃的。还有什么来着，杏？上次杏点的那个。无敌好吃的，有虾的那个。”

“意式干面。”

“对、对，就是那个，虾仁干面什么的。真的无敌好吃。再来个西班牙蒜蓉虾怎么样？还是这道菜吃起来热闹[①]。”

“我懂我懂。西班牙蒜蓉虾给人一种特别的感觉，就像奶酪火锅那样。”

“是吧！啊……太好了，感觉我和光也哥很投缘呢。对了，下次我们一起去吃巧克力火锅吧？在那里吃也特别热闹。是吧，杏？”

“嗯……吃什么都是巧克力味的感觉……”

“巧克力火锅就是这样嘛。奶酪火锅也一样。不过西班牙蒜蓉虾的好处就在于各种东西混在一起，什么都能尝到一点。这道菜果然很适合日本。日本人呐，还是喜欢多几个品种每样都尝一点。喏，就像塔帕斯[②]那样？”

说话像机关枪一样的晴臣似乎是打从心底感到愉快，我带着几分目眩神迷的心情问：“不是日本

---

① 食用西班牙蒜蓉虾的时候，先各自将面包撕成小块蘸着汤汁吃，然后再吃虾和配菜。

② Tapas，西班牙饮食中重要的一部分，通常指正餐之前作为前菜食用的餐前小吃。

人，是女人喜欢，才对吧？”

“欸？我就喜欢什么都尝一点哦。光也哥如何呢？”

“我也是喜欢多吃几种菜的类型。”

“果然是！哎呀，真开心，我俩绝对合得来。啊，那麦当劳的薯条，你喜欢酥脆的还是软软的？”

“酥脆的！”

“啊，可惜了。我是软绵绵派。”

“理有，他是干什么的？”

“光也在咖啡店工作。是也提供简餐的店。”

“咖啡店啊……感觉很成熟呀。下次我可以去喝咖啡吗？我其实不太喜欢热咖啡，只能喝冰咖啡。”

“当然了。有冰咖啡，也有软饮。”

“啊，那待会儿咱们加个好友。”

点完菜——几乎都是晴臣想吃的，加上少许光也的喜好——我们碰了杯。我和晴臣要了啤酒，理有点的乌龙茶，光也则是可乐。为我们四人美妙的邂逅和两对情侣永远的爱——不假思索祝酒的晴臣，从各种意义上都令我觉得可靠。就连以前好几次在家里碰见晴臣时都冷若冰霜的理有，今天对晴臣也相当温和。

“理有在哪儿认识他的呢？”

“偶然进了光也的店，聊得很投机。”

“回国之后？”

“是的。”

“欸，这么快就这么亲密了啊。”

“也不是很快，对吧？”

相视而笑的理有和光也如同电视剧中刚开始交往的情侣一般清新爽朗。然而我却有一股说不出的别扭——理有是在扮演这样的角色。

“对了，晴臣。”

“在！”

“杏最近一直住在你那儿吧？”

“是，这一周都住我这儿。”

“你们有去上学吗？杏说的话我没法信。”

“基本上每天都去。不过嘛，多半都是下午才去。”

理有摆出姐姐的架势聊天的时候，我一直在观察光也。不帅也不难看。不瘦也不胖，个子不高也不矮。头脑、直觉以及品味似乎不见得好但也不差。看样子没有对人生绝望，但也没抱太大期望，只是个彻头彻尾的普通人。理有和这个极其平凡的人在一起幸福吗？理有一直扶持着不可救药的妈妈，她和这个平凡的人在一起能得到幸福吗？会产生为了这个人可以去死的念头吗？还是说，理有的幸福是生活在一个不会想要为了某人去死的世界里呢？

“小杏和晴臣的皮肤都好白啊。”

“就是啊。我俩长相一点都不像，但因为皮肤白常常被误认为兄妹或是双胞胎。前几天我俩放学后待在化学教室，化学老师还以为撞见幽灵了呢，可吓得不轻。是吧，杏？”

“我妈妈皮肤就很白，遗传的吧。阿臣也是随妈妈。”

“这么说来，小杏你长得很像你母亲呢。”

“你知道我妈妈？”

“啊，是。其实你母亲的书我读了不少，所以当初听说的时候吓了一跳呢。”

“是吗？理有像爸爸，我像妈妈。阿臣简直和他妈妈一个模子刻出来的。”

“别提了，一说起这个我就郁闷。”

“你母亲一定是个很美的人吧。”

“阿臣的妈妈是长冈真理。”

“欸，那个女明星？哇！真的耶，像得不得了。”

大家叽叽喳喳聊得热火朝天，唯独理有没有参与。一定是不愿意谈论妈妈吧。理有总是这样。只要一提到妈妈，她立马就会不高兴，常常噤声不语。和我两个人独处的时候也这样。每次我聊到妈妈，她总是会揪住细节跟我争辩说：妈妈才不是那样的人，妈妈才不会说那样的话。理有一定觉得自己是世界上最了解妈妈的人，所以讨厌别人一副什么都懂的口吻。或许在理有看来，我和妈妈也不像。理有不想让任何人提及妈妈。一定是因为她的执念过于强烈变成这样的吧。

“光也哥的爸爸和妈妈是怎样的人呢？”

反正就是索然无趣的父母吧。我边想边盯着理有。察觉到我的视线，理有看向我，用表情问道：干吗？我才想问干吗呢。比起这个男的，就算已婚有小孩这点扣了分，也还是广冈胜出一筹。至少广冈没有一脸呆样，像个捂在被炉里长大、性格温暾的小子。好厉害……杏，你听到没？光也哥的爸爸拿过钢普拉[①]大会的亚军呢！还是高机动型扎古Ⅱ呢！看着

① GUNPLA(全称 Gundam Plastic Model)，即高达模型。以动画作品《机动战士高达》中登场的兵器、战舰等为原型制作的可动塑料模型。由玩家动手组装零件完成模型。

兴高采烈的晴臣，我回答道："抱歉，我对高达一窍不通。"

随着服务生"让诸位久等了"的声音，沙拉、生火腿、西班牙蒜蓉虾被摆上了桌，我们纷纷伸手取菜。喏，超好吃哎，快尝尝这个虾！晴臣向我举起插着虾和口蘑的叉子，我一口含住。

"听说小杏和晴臣在练跳舞？"

"没错。我特喜欢跳舞，尤其喜欢一种叫Jumpstyle的，在欧洲的舞蹈极客中间很有人气的舞蹈，我一直在练。不过，只要是跳舞我都喜欢啦。最近杏一直在练一种滑步很多的舞蹈，叫曳步舞。"

"我不太清楚这些都是什么感觉的舞蹈，要配合哪种风格的音乐来跳呢？"

"Jump的话用Gabba① 或是Trance②，就是快节奏低音鼓四连拍的曲子。曳步也用Trance，还有Hard

---

① 或写作Gabber，是一种硬核电子噪声，它的低音鼓非常快，听起来很刺耳，极具攻击性。声乐是扭曲的尖叫声，经常在音高上做出调整改变。

② 或称迷幻舞曲。电音分支之一，1980年代起源于英国的锐舞派对当中，并于1990年代的早期在德国兴起，而后传播到欧洲的其他区域及北美地区。它的节奏及旋律以求将听众带入一种接近宗教本源的"出神"状态，进而又称为"出神音乐"。

house[①] 也挺常用的。”

直接放视频比较容易懂吧？我提醒道。对呀，是这样没错，晴臣说罢拿起手机检索 Jumpstyle。据说晴臣开始跳 Jumpstyle 的契机是他在英国寄宿制中学读书时认识的朋友们在跳。晴臣本应在那所学校念到高中毕业，但在学校的体检中查出他患有宿疾——一种叫作主动脉瓣狭窄的心脏疾病，于是他初中三年级便回国了。晴臣幼年做过 PTCA[②] 手术，回国后一面接受药物治疗一面定期去医院检查。某天他因为突发狭心症而住院两个月，出院时确定了留级。他患有宿疾的事也好，因为心脏病恶化才从英国回国的事也好，我全都一无所知，突然接到他住院的通知时简直仓皇失措。不明就里地赶到医院，见到晴臣的母亲慌里慌张地哭着说晴臣要死了，我反而慌乱不起来了，只是始终静静地祈祷着晴臣早日康复。昨天还和自己正正经经做爱的男人竟然就要死了，这可能吗？现实感的匮乏令我倍感沮丧。因为生病的关系，晴臣的

---

① HOUSE 舞曲的一种，节奏较重较猛。HOUSE，亦译为浩室舞曲，为电音分支之一，是 1980 年代从 DISCO 发展而来的跳舞音乐。

② 全称为 Percutaneous transluminal coronary angioplasty，经皮冠状动脉腔内血管成形术。

妈妈和中野女士都不让他跳舞。晴臣出院后的半年时间，就算他只是激舞一场，只是流点汗，只是喘几口气，我的心就要被不安碾碎了。可是，当他不断忘我地练习新舞步，一个一个掌握的时候，便会像孩子一样兴高采烈。看着这样的晴臣，我想，或许正因为与死亡比邻而居，他才会那么快乐吧。于是我再也不阻止晴臣在俱乐部和高层建筑街区跳舞。

“太厉害了！晴臣你会跳这个？”

“喂，阿臣，放那个曳步舞和 Jumpstyle 斗舞的视频吧。”

“啊，那个？对对，那个视频可厉害了。看了就能明白曳步和 Jump 的特征。”

唯独理有没有参与这个越来越融洽的小圈子的谈话。并非光也和我们合得来。仅仅是理有没那个意思——她不想和光也一起，跟我和晴臣亲近吧。

“晴臣，你已经恢复了吧？”

“嗯，完全恢复了。其实我心脏有问题，一年前左右突然病倒过。”

真的吗？光也脸色一沉，理有也跟着问道：现在好了吗？

“是的。去年做了第二次 PTCA 手术，医生说没那么容易再发。而且除了竞技类运动，不必特别限制做其他运动。”

“这种舞蹈也跟竞技运动差不多累人吧？”

“不要紧。我从没像现在这么精力充沛过，真的。”

是吗？理有露出微笑，可她的眼里根本没有笑意。她的表情不由得让我想起了妈妈。

吃完饭，我起身追着理有去了洗手间。打开洗手间的门，只见两个洗脸台一字排开，靠里面有两个单间。我用小指擦了擦在下眼睑晕开的眼线，从手包里掏出眼线笔重新描画眼睑边缘，然后用粉扑轻轻拍了点散粉。

“咦？”

随着冲水声走出单间的理有轻叹一声，来到我旁边的洗面台。看着边洗手边照镜子的理有，我问道：你脸出油了，带吸油纸了吗？有点黑眼圈哦，用遮瑕膏吗？

“干吗啊？不用啦。”

“我说……”

“什么？”

“你的发型，是去美发室弄的？”

“是啊。”

我哼了一声，理有一脸不悦地问：你今天什么意思啊？

“总感觉被牵制着，让人很不舒服。不论对光也还是对我，你都给人一种在掂量对方斤两的感觉。”

“我怎么可能做这种事嘛。我对理有、对理有喜欢的对象都特别友好啊。可是理有你呢？你喜欢那个人吗？”

“什么喜欢讨厌的，又不是小孩了。我可不会用这些词汇来表达恋爱关系。”

“你这口气，真像爸爸。”

理有没有搭理我，默默地洗了手。爸爸喜欢这个吗，还是讨厌？——面对这类列举自己好恶、十分孩子气的问题，爸爸从来没有回答过喜欢或讨厌。所谓喜欢这个词呀，其实意味着根本没有认识到这个事物的本质哦。比如，我是研究政治学的，但我并不喜欢政治学。如果有人说他喜欢政治学，那么就表明这个人对政治学根本一窍不通。也就是说，杏对这个你很喜欢的人偶一无所知，所以才说得出喜欢。

不知为何，我幼小的心灵虽然理解了爸爸的话，但也不由得暗暗疑惑：那，喜欢究竟是什么？看到可爱的人偶和有趣的玩具时，那种轰隆一声重重地落到心上的，令人爱怜、想要拥有、想把它一直留在自己身边的强烈感情，还能冠以其他的名称吗？此刻我再一次认识到，我对晴臣的这份感情，除了“喜欢”还能用什么辞藻来表达呢？而且，必须用“喜欢”以外的词汇来描述的理由何在呢？

“那我换一个说法。你为什么决定和他交往呢？”

“拜托你别问了好吗？我不像杏，对恋爱抱着这么开放的态度。”

“怎么了？你有点反常哦。我和理有连随便聊聊都不行吗？你今天干吗一直这么冲？”

“你一副给人估价的态度，还好意思问？”

“估价？为什么你会有这种想法啊？我确实是想看清他是不是适合理有，但我可没有给他估价。理有才让人不舒服呢。大家聊得很热烈的时候只有你一个人老是冷冰冰的。”

“适不适合我由我自己来判断。我的人生与杏无关吧？姐妹之间这么黏黏糊糊的恶心死了，适可而止吧。”

什……我硬生生地咽下了险些从嘴边漏出的声

音。我不明白理有内心经历了怎样的转折。面对这样突如其来的拒绝，我甚至觉得光也用什么方法控制了理有的精神。总是那么温柔，总是理解我的理有，仿佛被什么附身了似的。

自打出生以来，与我相处的方式从未有过动摇的理有为什么现在突然表现出这种态度？我思考起个中缘由——是因为这段时间我一直泡在晴臣家里，因为她和光也开始交往，抑或是因为我冒名前去调查广冈的事情暴露了吗？

“我先出去了。”

理有说罢便走出了洗手间。我没有缘由地置身于强烈的恐惧之中。在令人腿脚瘫软的恐惧中，我对着镜子往嘴唇上刷染唇液。不慌不忙地将上下唇刷了两遍，让嘴唇变得润泽，然后将刷子塞进染唇液瓶子里，粗暴地旋紧。正要把它塞回化妆包的瞬间，泪水同时从两眼里滑落。

和理有他们分别之后，我轻声对晴臣说，我们回去吧。晴臣纠缠不休地追问着“怎么了？发生什么事了？”而我什么都没说，只是默默地迈着步子。回到家，我正在床上发着呆，就听到晴臣担忧地叫了声

“小杏”，然后搂住了我。我用手指梳理他几乎褪成了粉红色的干枯红发，却一下子扯到了打结的头发。好疼，晴臣小声叫道。

“喂，小杏。不要紧的。我会一直陪着你的。两个人一直在一起。这样就没什么好害怕，也没什么好担心的了。我们结婚以后，一定会更加无所畏惧。”

我什么也答不上来，颤抖着肩膀哭了。我一直以为自己和理有相依为命。就算妈妈总是精神恍惚，就算妈妈不正常了，因为理有在，我毫无疑问是幸福的。我一直觉得我们是联系在一起的。能够分享秘密的也只有理有，我能够坦然接受失去妈妈的悲伤和解脱，以及对解脱的负罪感，也是因为想到理有跟我怀着同样的心情。理有总是陪在我身边，理有总是关心着我——要紧吗？冷不冷？热吗？遇上什么事了吗？学校如何？有没有好好学习？所以我才能对一切都毫不怀疑地一直待在这里。不知是因为那个男朋友，还是出于她的真心，理有拒绝了我，完全阻断了我们俩之间共通的东西。

但是晴臣还在。晴臣在这里，就像要将我完全包裹起来似的，他包容着我的一切。以他白皙而不太可靠的单薄身体，接受我的一切。就待在这里吧。从今以后，我就在晴臣的怀中活下去。只要在晴臣的怀里，我对一切统统不在意，无论是学校里那些烦人的家伙，还是自杀的妈妈，抑或是对只疼爱理有的爸爸抱有的那点平淡感情。忠实于冲动——起因于嫉妒，企图以欺负我来消遣的冲动——的女同学们，性骚扰我的教师，在电车里或是路上对我纠缠不休的醉汉和变态，令人仅仅生存在世便感到郁闷的、弥漫在这个世界上的压抑空气。唯有晴臣告诉我这些敌人都毫无意义，帮我挡住他们的攻击。只要有晴臣在，我就能生存在平静之中——跟和理有一起生活时同等的，不，更胜一筹的平静之中。

我从胀鼓鼓的尼龙书包里一件接一件取出衣服，衣服仿佛吸了气似的鼓起来。全部取出来一看，那体积也不知道是怎么装进包里的，连我都佩服自己。我把衣服一股脑儿塞进洗衣机，回到了自己的房间。从衣柜里抓出几件外衣以及内衣，学校制服的长袖衬衫和袜子。理有现在应该在大学上市场营销的课。

暂时不打算回来了，于是我把衣服装进大号购物袋，再塞进几样化妆品。又拿出了打算天气转凉之后穿的连衣裙、手感蓬松的家居服，以及与它同系列的室内拖鞋。晴臣特别中意这套家居服，经常会用脸在上面蹭，一想到这里我的表情便柔和下来。“呼”地吐出一口气，我倒在床上环视房间。无论是刚搬来这里的那阵子，还是理有留学期间我一个人住的时候，都从未觉得这个家如此陌生。也许这个家仅仅建立在我和理有的关系之上。

去到厨房打开冰箱，里面摆放着码得整整齐齐的食品和保鲜盒，一目了然又方便拿取，还很美观。的确，我在这个家里光盯着理有看。我拿出一罐预调酒拉开拉环。拉罐噗地响了一声，我喝了一口发现不够冰爽。一定是向来注意节电的理有调高了冰箱温度吧。赶紧回去吧。一想到晴臣家透心凉的冰镇啤酒，我心里就苦闷了起来。咕嘟咕嘟地大口喝完了预调酒，我走出了客厅。在走廊中间停下了脚步，我伸手握住门把手。吱呀一声打开的门背后充满理有的气味。是理有十分中意，已经用了很多年的香波的气味。只见黑漆漆的房间里，理有的电脑旁边有东西一闪一闪地发着光，于是我走了进去。发光的是一个外置摄像头，灯光是在提示现在处于待机状态。这大概是理有和爸爸通话时用的摄像头。我“呼”地叹了口气，用拇指和食指捏住摄像头，稍稍把镜头方向往上调了一点。理有那一板一眼的性子或许会察觉吧。真不可思议。以前，若是理有不知道我做了什么、我正在做什么，我便会陷入不安。可是现在，就算理有没注意到我这个小小的恶作剧，我也满不在乎。

我和晴臣约定七点在涩谷碰头，然后一起去吃墨西哥玉米卷。我俩商量着先简单吃一点，然后去俱乐部，回家的时候再吃蘸面。至于去哪家俱乐部，也是在群聊里和朋友们商量之后决定好的。我匆匆忙忙收拾了行李出门，时间还相当早。肩上背着购物袋和书包——跟来的时候一样塞得鼓鼓的，我决定先放了行李再去。身体随着电车摇晃，我决定不再去想理有，只一个劲儿地想着啤酒和墨西哥玉米卷。啤酒、墨西哥玉米卷、啤酒、墨西哥玉米卷。我心不在焉地发着呆，额头抵着的车门上传来啪啪的声响，我连忙抬起了头。只见几滴雨水斜斜地划过车窗，宛如蛞蝓留下的足迹。

那是什么时候的事呢？大概是在我五岁的时候吧。我曾和理有两人去爸爸的堂妹家住了几天。外宿实在是太愉快，我回到家几天后忽然悲从中来，哭闹着想见奈央、想去明里阿姨家。我闹起了脾气号啕大哭，然而正睡着回笼觉的妈妈把自己捂得更严实了，根本对我不理不睬，于是我一如往常地缠着理有哭闹。我抱着理有正哭个不停，理有抬头看着大雨滂沱的窗外，说："一定是因为下雨才会流泪吧。"然后提议道，"杏，我们一起做晴天娃娃吧。"一起动手做晴天娃娃的过程中，我停止了哭闹，还把做得最可爱的一个拿去放在了妈妈的枕边。"做好啦——！"我刚回到客厅，理有便递给我一个晴天娃娃——它的裙子上装饰着花和心形的贴纸。我开开心心地正要用透明胶把它贴在窗户上，理有拦住我，让我贴到儿童房里。她说："让妈妈看到的话，可能会被撕下来。"这样啊！我兴高采烈地应了一声，连忙去了儿童房。那天晚上，发现放在妈妈枕边的晴天娃娃被扔进了垃圾桶，我失望极了。但第二天早上，却看到它被贴在了儿童房的窗户上，挨着理有做的晴天娃娃。看着两个晴天娃娃，我心里暖乎乎的，紧紧抱住了睡在身边的理有。一直如此。理有是隔在我与我以外的事物之间的缓冲物，使我免于冲撞。如同安全气囊一般保护着我，使我避免受伤。"一定是因为下雨才会流泪吧"——我犹豫了片刻是否把输入进手机的这句话发给理有，又统统删掉，把手机塞回了包里。到离晴臣家最近的车站下车时，雨已经停了。

我回来啦——话音刚落，我便想起晴臣说他放学后要去新宿的高层建筑区练舞。给忘了，我自言自语道，咚的一声把两个沉甸甸的包扔在玄关。从冰箱取出啤酒，拉开冰得透心凉的易拉罐拉环，罐口传来了碳酸气冒出的嘶嘶声。咕嘟咕嘟地灌着啤酒，忽然从卧室传来微弱的被子摩擦的声音。阿臣？我唤了一声但没有回应。骤然涌上的恶心扭曲了我的表情。那时也是这样。我听到妈妈的房间传来声响，敲响了连接客厅和妈妈房间的那扇门。

我没有敲门，猛地拉开了隔在客厅和卧室之间的滑门。晴臣从床上探出脸。

“……你回来啦。”

“是谁？”

“啊？”

是谁！我怒吼着走上去，掀开往地板滑落的被子。掀开的瞬间，只见一个一丝不挂的女人哆嗦了一下。我气得浑身发抖，把手上的啤酒罐倒过来，从女人头上浇了下去。不是的不是的，杏你误会了，听我解释！只穿着一条内裤的晴臣站起来抓住我的手。“别碰我！”我的声音近乎惨叫。赤裸的女人浑身沾着啤酒，不住颤抖，好像突然回过神似的把衣服扒到一起。我甩开晴臣的手，飞起一脚踢向正趴在地上找内裤的女人的肚子。女人发出嘶哑的叫声仰天倒下，我又踹向女人的肩膀和脸。臭婊子！我叫嚷着把空罐扔向她。易拉罐发出了一声可笑的闷响，这更是让我怒不可遏，抓起床边的闹钟使劲向女人砸去。“杏，快住手！”都怪晴臣抓住了我的手，闹钟没有命中女人的脸。女人趁着我和晴臣推搡的时候，赤裸着身子抱起衣服便逃出了房间。开什么玩笑，给我站住！我大喊着挣脱晴臣追了上去，正要在玄关穿衣服的女人惊叫一声，裸身逃出门外。女人跑过的路上稀稀落落地滴落着啤酒。妈的，别跑啊臭婊子！我大吼道。只见从楼梯间往下跑的女人灵巧地把上衣套上了光溜溜的身体。偷男人的女人做什么都灵巧得很。真想生为那样的女人，像她那样活着，看不起这世间，觉得一切都来得易如反掌。为什么我如此无力呢？我光着脚在走廊上哭个不停，晴臣垂头丧气地走过来让我听他解释。还解释什么，混蛋！我怒吼着一拳打在他的鬓角。回到房间，我血脉偾张，身体剧烈起伏，如同全身迸发出能量一般发了狂。我从厨房拿出水果刀，划破了床单，一次又一次把刀子扎在床上，用刀刺破了窗帘从上往下撕扯。嘶吼到嗓子刺痛。我把刀扔向企图阻止我的晴臣，抄起各种东西往窗户和墙壁上砸。窗玻璃和陈列着晴臣组装的塑料模型的展示柜玻璃碎了一地。我瘫坐到地上，手一撑到地面便忽地发热起来。杏，别这样了。求求你，我们去那边谈谈吧。瞧，你流血了。得马上处理伤口。晴臣不断地劝慰着我，试图把我抱起来，但我根本无法从那里挪动分毫。

天阴了下来。我忽地起身，透过撕裂的窗帘缝隙看向窗外。窗外一片晴朗。我才发现阴沉下来的并不是外面，而是自己的心里。愤怒好似让针刺破的气球一样刹那间泄了气，恐惧骤然而至。害怕。这个念头闪过的瞬间我的思考便停滞了。害怕。好害怕好害怕好害怕好害怕。就像是过山车向下俯冲的瞬间没完没了地持续一般。我不断向着恐惧的地狱坠落。我提不上气，眼看着心跳越来越快。怎么办，我快死了。不，应该不会死。这是发作。和那时一样，跟在美发室那时同样的发作。不要紧，过一会儿就会消停了。我这样告诉自己，然而身体并不听话。我忍着剧烈的痛苦硬着头皮吸了口气，可只吸了一小口肺就被充满了。“好可怕。”我低声呻吟，身体开始发抖。“好可怕。”我又低哼了一声，牙齿不住打战。

不要紧，杏，不要紧的，和那时一样，很快就会好的。没事。放松身体。我依照刚才还想一刀捅死的男人所说那样，努力放松身体。晴臣抱起我，将我放在客厅沙发上，松开了我的衬衫纽扣。好热。身体热得要喷出火来。并不是害怕某样东西。眼睛看到的一切，耳朵听到的一切，手触碰到的一切，感知到的一切都令我害怕。相反，没有东西让我不害怕。就连我自己都令我害怕。我甚至丧失了自己的身体，就跟飘浮在某处的鬼火似的。晴臣拿来瓶装水，喂我喝了一口。不要紧，不要紧的。他边说边握住我的手，另一只手抚摸着我的头发。对不起，杏，对不起。晴臣说着就哭了起来。对不起。我不会再犯了……想要打断晴臣的话，我用力回握住他的手。被玻璃割破的伤口渗着血，钻心地疼。不知是从我手上的伤口沾上的，还是我发狂的时候弄伤了他，晴臣的 T 恤和脸上都血迹斑斑。

“分手。”

我只说了这句便缄口不语，闭上了眼睛。这之后，我一言不发地等到发作慢慢平复下来，充耳不闻晴臣的辩解，出了公寓。

离开公寓，走着走着我的眼泪便涌了上来。不知是刚才发作的缘故还是因为大闹了一场，我浑身疼痛，精疲力竭。我不知道接下来应该去哪儿，但也无法再待在原地了。总觉得一旦停下脚步，静止下来的我全身上下会就地化作颗粒四散零落。我不停歇地走着。就算走到腿断，就算变成一具干尸，我也会一直走下去。

我从后座盯着坐在驾驶座的姥爷，那天的记忆在脑中鲜明地重现。那是漫长的一天。母亲去世的那天，我和杏跟随姥姥乘出租车回了他们家，第二天才再次见到遗体。那时候，独自陪着母亲的姥爷，究竟怀着怎样的心情？在葬礼上姥爷一次也没有流过泪，可他独自守着妈妈的遗体时或许痛哭过吧。与母亲死后憔悴得像具干尸的姥姥不同，姥爷没有张皇失措，只是一心一意地体谅、尊重、照顾我和杏。虽然他是个少言寡语的人，但我多多少少感觉到他大概是把我们两个外孙女当作精神依靠，一点点接受了母亲的死。

我坐在摇晃的车内掏出手机，确认了一下杏有没有跟我联络。没有邮件，没有上网聊天，SMS短信也统统没有。一个月之前联系的时候还说她要去扫墓，可两星期之前她却犹豫不决起来，然后这三天无论怎么联系也没有回音。难道是忘记了母亲的忌日吗？记得一周年忌日的时候，杏和晴臣玩到拂晓时分才醉醺醺地回家，我硬是把刚睡了两小时的她叫醒带去了姥爷家。难道她要临时缺席三周年忌日吗？我心中愕然，但是很显然，杏觉得这种活动毫无意义。顺带一提，母亲也认为这些仪式无聊之至。这么想来，什么一周年忌日、三周年忌日，只要想参加的人来参加就够了。

“小杏没跟你联系吗？”

“嗯，是的。没消息。”

面对口气中带着不满的姥姥，我这样回答道。姥爷却淡淡地说：别介意，如果杏能忘记那也很好。姥爷很疼爱母亲。我这个孙女也对此感受至深。而且姥爷也很疼爱杏，跟他疼爱母亲出于同样的缘由。也许是与保守的姥姥结婚带来的反作用吧，姥爷十分欣赏母亲和杏这种偏离常规、不会看人脸色的性格。总是面无表情、感情淡漠的母亲在老家吃到姥爷做的菜肴、喝着小酒，露出一抹微笑的时候，姥爷脸上便会洋溢出喜悦。不过回想起来，其实我也一样。我总是因为母亲的言行忽而欢喜忽而沮丧。只要母亲对我露出微笑，对我道声谢谢，对我说句“你脸色不好呢”之类关心我的话，仅仅如此，我便觉得自己的一切都得到了肯定，开心得简直要飞上天。一想起这些，便不由心生悲凉。就跟为薄情的恋人奉献一切，感受到一点儿零星的温柔就欣喜若狂的人一样。然而，姥爷和我都为此高兴得不得了。母亲挤出一个微笑，就能让我们打心底感到满足。

杏就不一样。杏一面对周遭宣称自己恋母，一面却对母亲的言行无动于衷。杏的中心总是有她自己坐镇，她的核心不会因为喜欢妈妈的心情而摇摆不定。像我和姥爷这种因为妈妈的一言一行时而受伤时而欢喜的人，说不定她早就觉得厌烦了。

后视镜里映着姥姥阴郁的表情。母亲死后姥姥骤然苍老下来。仅仅几个月就脊背佝偻，还一下子生出了许多白发和皱纹。母亲死后，我们在外祖父母家住了大约半年，姥姥总在担心我和杏，她时常一脸嘴角下撇、仿佛象征着不幸的表情，面容也跟妖怪似的，我忍不住想给她起名叫“干涩婆婆”。姥姥劝我们在杏满二十岁之前都住这儿，可我断然拒绝，开始了跟杏两个人的生活，这也是因为生活在这样的姥姥身边看不到希望。我感觉如果待在姥姥身边，失去母亲这件事情对我而言将会是一个无法推开的巨大不幸，一如女儿的死亡之于姥姥。姥爷一定明白我的心情。他劝解执拗挽留我们的姥姥，为我们做公寓的担保人，还承担了房租和学费，说是交到我们工作为止。

一星期前，在那家意大利餐厅与光也、晴臣、杏四个人一起用餐之后，就一直联系不上杏。之前她每天都会跟我联络，告知今天回家或今天留宿。但自那天以后，杏就没了音信。与其说担心，在我心中难以抑制的感情更接近一种对于任性小孩的烦躁，恨不得想要质问："你闹什么脾气啊？"然而三天前，我发现洗衣机里塞着衣物，这才突然担心起来。我把衣物洗好叠整齐，拍了照片，附上一句"衣服洗好了改天来拿"，发到杏以主要联络工具为由强迫我安装的Snapchat上。尽管如此，杏却没有回复。之后我又用LINE发信息跟她确认妈妈的三周年忌日要怎么办，可信息一直都是未读状态，打电话过去也接不通。

母亲的墓地在东京郊外。姥爷和姥姥考虑了远在高知县的姥爷家祖上的墓地，以及位于埼玉的姥姥家墓地，最后还是以扫墓方便为重，决定在东京买墓地。的确，从姥爷家开车不需一小时就能到，这点极具吸引力。姥爷、姥姥和我，以及其他开车过来的亲戚十人左右来到墓地，大家十分周到地以姥姥为中心，分头打扫墓地、摆好上供的花束和点心。理有先来吧——在姨母的提醒下，心不在焉的我才慌忙伸手取了线香。插好点燃的线香，我双手合十闭上眼睛。脑子里一片空白，也不知道应该想些什么。这里虽然是安葬母亲遗体的象征性场所，但我却无法在这里看到母亲。

我脑中空空如也，退后一步，朝排在后面的人颔首道声："请。"等所有人都上完香似乎还得等一阵子，于是我返回墓地入口，准备将长柄水舀和小提桶归还到打水处。一离开姥爷、姥姥和亲戚们，我的心情顿时轻松起来。

"啊！"

正把水舀放回打水处的时候，我不禁叫出了声。对方也转向我，微微颔首。

"好久不见。"

"你好。真是吓我一跳。是来给我母亲扫墓的吗？"

是的。高桥有些不好意思地回答道，一只手里拿着一束菊花。

“原本打算等大家都走了再去的。”

“这样啊。这么远还专程过来，非常感谢。”

高桥的嘴角微微上翘，摇了摇头。

“你们姐妹俩还好吗？”

“嗯。杏今天没有来，大概挺好的。”

“是吗？小杏还是一如既往，像个猴似的古灵精怪。”

这个令人怀念的形容令我有些脱力，同时一种仿佛毛线乱七八糟缠在一起似的不快在心中扩散开来。杏就跟个猴似的，所以即便她不听话、不按常理出牌也不能心急。就算猴子，驯一驯也能耍个猴戏。每当年幼的杏不听话，惹得我心浮气躁、大声斥责的时候，母亲便会对我这么说。这番话究竟有几分认真，现在已无从考证。母亲竟然跟高桥说过，这个事实让我心乱如麻。高桥很长一段时间都是母亲的责任编辑，大概还是母亲的前男友。我念小学的时候，经常都能在家里碰到高桥。他是否在母亲离婚之前就和母亲有了婚外情呢？——这个疑问突然在脑中一闪而过。虽然不知道离婚的原因是否关乎和他的婚外情，但是他开始频繁出现与离婚的时期正好一前一后，这也是不争的事实。

“杏觉得扫墓什么的毫无意义。”

“由利佳也是这样认为。”

我知道。即便是我，也很清楚母亲不是那种能在扫墓呀，葬礼、红白喜事中发现意义的人。

“由利佳从不参加任何人的葬礼。长年打交道的总编、时常一起喝酒的作家前辈，还有我们部门的部长，他们过世的时候，她都没有出席葬礼。她曾经说过，一个人是死了还是活着，只要这个人不在眼前就无从得知，又何必非要搞得那么清楚呢？”

“那，高桥先生为什么来扫墓呢？”

“我没法不清不楚地只在心里想想对方近来如何。由利佳的死实在给我很大打击。而且，我想着或许能碰到理有你们。”

“找我有事吗？”

“由利佳过世的时候，理有你在家的吧？”

“是的。因为是深夜，我当时在睡觉。”

“由利佳的死因，真的是心肌梗死吗？”

“可能由于职业的关系，网上也有流传说她是自杀，包括我在内的遗属都被诸如此类的流言蜚语搅得心神不宁。真没想到就连曾经伴随母亲左右的人也会对我说这些。”

“当然，我知道自己很失礼，可我一直耿耿于怀。在由利佳过世的好几年前，她就有些神经质，有时好像在惧怕着什么，酒也越喝越多，我一直都很担心她。”

“是类似强迫症的症状吧。我想她大概患有自律神经失调症，再加上酒精成瘾。不过还不至于自杀。酗酒和生活紊乱都有很大可能给心脏造成负担，她是死于心肌梗死。”

是吗？高桥喃喃低语，陷入沉思似的垂下了头。裹着菊花花束的包装纸发出轻微的声响，他用力握紧了手心。

“理有，你和你父亲有联系吗？”

“没有。”

“是吗。”

“为什么问这个？”

没事。高桥一脸严肃地摇了摇头。不知为何，我心里却骤然涌起了一股怒气。

“高桥先生和母亲有过婚外情吗？”

“不，由利佳离婚之后我们交往过一段时间。不对，准确地说，我并不知道由利佳有没有我们在交往的意识。不过，确实有一段时间我们是那种关系。”

就是说仅仅是身体关系吗？我不确定该不该对这点刨根问底，正犹豫不决的时候，高桥又开了口：“我以为我们是在交往的。可没想到从某个时候开始，由利佳就好像忘记了我俩的关系一般，对我的态度陡然变得十分事务性。但她似乎并不是有了其他的恋人。”确实是母亲做得出来的事。就连和爸爸离婚，大概也没什么大不了的缘由吧。说杏像个猴的母亲自己，不也是个在精神结构上缺乏共情能力和预测能力的猴吗？

“你没有问过我母亲吗？”

“没问。由利佳和我交往以及她并不想结婚，我心里都明白。”

“你，结婚了啊？”

高桥愣了一下，反过左手手背。他看了看自己的左手，点头应了声“是”。

“三年前结的，也有了小孩。我告诉由利佳的时候，她很平常地对我说恭喜，作为一个工作伙伴非常自然地祝福我。自然得我都不由得怀疑，自己真的和她有过一段吗，难道不是我的妄想吗？”

“和母亲在一起的时候，我也有种脱力的感觉，就像是时空扭曲变形了一样。我时常对一些事情产生疑问，会纳闷：不是应该这样吗？为什么？可母亲总是若无其事的样子。我在这种扭曲中长大，而母亲死后，我一下子被放逐到一个没有扭曲的世界里，怎么说呢，反而觉得有几分无聊。”

“由利佳的小说也有这样的特点。明明既不是SF也不是幻想小说，明明是很现实的设定，却蕴含着埃舍尔[①]的画作那样的不协调感。”

“正因为如此，母亲大概想一直待在小说世界里面。母亲是个扭曲的人，大概是在这个没有扭曲变形的世界里备受煎熬，所以才一直写小说。”

高桥的五官生得清爽悦目，穿着简约整洁的服装。外表看着像是在某家公司社长办公室做秘书工作的人。

“理有也读了由利佳的小说吧？”

“大略都读过。”

“小杏呢？”

“杏搞不好根本就不知道母亲是作家。”

这还真是了不得啊，高桥笑得眯缝起了眼。这个

---

① 莫里茨·科内利斯·埃舍尔，荷兰版画艺术家，知名于其错视艺术作品。其画作极具数学性，创造演绎出复杂奇幻的变形结构，颠覆了自然的规律。

笑容很快便消失了，他说：“其实，由利佳最后的原稿在我手上。”

“母亲的遗作吗？”

“是的。由利佳常说，必须亲自过目到二校稿，不然决计不想出版，所以我没有出版的打算。也没有告诉任何人这份原稿的存在。不过我手上也只有开头的二十页，没写完。她过世前两周左右给我的，如果在由利佳的电脑里找一找，说不定还往后写了一些吧。不过她曾经说过是中篇或者长篇，所以不可能完成了。”

在没有母亲的世界里生活了两年，半年待在马来西亚，看清将来开始找工作，和光也交往，我感到无比充实。在没有母亲的世界里，我活得心满意足。而母亲的小说突然插了一脚，这无非是让我重回那个畸形的世界。我明明不愿意那样，但内心却剧烈动摇起来。

“不要，我不想读。”

“真的不想吗？”

“我再也不想被母亲的存在搅得心神不宁了。”

“搅得你心神不宁？”

“最近，每当看到虐待的报道我就忍不住会想：

为什么母亲的行为不像报道里那样一目了然呢？被父母殴打、被谩骂、被故意忽视，这一切无论在任何人看来都会觉得孩子可怜。可是我们不同。从旁看来就是寻常母亲、寻常家庭。虽然临近截稿日她会变得歇斯底里，把家务事全部推给我，但她既没有打过我也没有骂过我。大家都很羡慕我们。大家总说：你妈妈真完美啊，你妈妈好温柔啊，还是个作家实在太厉害了，真让人羡慕！还说：她把家务事交给你，那是信任你呀。但是母亲从来没有发自内心地期盼我们健康成长或是希望我们幸福。我们的笑容也从来没有带给她幸福。母亲总是凝望着某个遥远的地方，根本看不见我们。她一边和颜悦色地听着我们说话，回应着“哎，是吗？”，一边却聆听着完全不同的声音。即便围坐在同一张餐桌前，吃着同样的菜肴，母亲眼中也看着全然不同的东西。就好像跟一个语言相通的外星人住在一起似的。凭什么唯有我们非经历这样的凄惨境遇不可，而且还凄惨得如此隐晦。我真的觉得我们抽到下下签了。”

“记得之前由利佳曾经谈起过，她讨厌有可怜人登场的小说。她说，把可怜人、社会上的弱者作为主要人物，描写悲惨的境遇和故事，以此来深深撼动读者的感情，在这种小说里感受不到诚意。就像是吃着过度使用添加剂的点心一样，哪怕吃的时候令人陶醉，一旦吃完就会恶心想吐。或许由利佳一直留意着不让孩子们陷入这种通俗易懂的故事里吧。通俗易懂的故事会榨取人的思考能力。”

“这些是她自己作品不畅销的借口吧？我只想与一般人一样，和母亲开开心心地过日子。一起去购物、挑选衣服、谈论恋人，我想要这种寻常母女的幸福。”

“‘我们之所以心爱人类，是由于我们有共同的苦难。’①卢梭在《爱弥儿》里这样写道。他还说，一个孤独的人才是真正幸福的人。”

“如果我只是作为一个编辑跟她打交道的话，说不定我也能轻描淡写地说出这番话吧。”

高桥一下子不作声了，脸上浮现出一丝懊恼，垂下了脑袋，然后又仿佛想通了似的抬起头来。

“老实说，我之所以怀疑由利佳是自杀，就是因为这份原稿。”

“什么意思？”

---

① 卢梭著，李平沤译，《爱弥儿》第四卷，商务印书馆，1996 年。

“稿子写了一对相伴多年的夫妇的故事，在开头部分丈夫便过世了。她发给我二十页原稿后过了几天，又发来一篇两页左右的短文，说是想把这段丈夫留给妻子的文字作为序幕放进故事里。”

“哦……”

“由利佳写作的时候都用 Word。大约八年前吧，从我开始担任由利佳的责编开始，就一直用 Word。但只有这段序幕是 TXT 文档。收稿的时候只觉得挺稀罕的，可收到这份稿子还不到两周时间就接到由利佳的讣告，那时我突然意识到，这其实是她自己的遗书吧。”

“我觉得只是偶然吧。”

“当然，我不会勉强你。如果你想读了，就给我发邮件吧。”

高桥说罢递给我一张名片。为什么这个人明明结了婚还有孩子，却跑来给一个昔日的旧情人——连到底有没有交往过都说不清——扫墓呢？我暗暗想着，盯着这张用简洁的明朝字体印刷的名片。将来有一天，就算我也结了婚有了孩子，仍会在忌日到访这个墓地吗？

哎呀，高桥先生。从背后传来招呼声，我回过头，只见姥爷一脸怀念的样子眯着眼睛。葬礼的时候承蒙关照，姥爷颔首道谢。我记得高桥在葬礼时负责记账。在无法从葬礼中发现半点意义的母亲的葬礼上，他化身一个齿轮，完成了对于亡者而言毫无价值的仪式。对于母亲而言，葬礼毫无意义，而且恐怕在她本人看来，就连举行葬礼这件事都是情非得已。我也好，高桥也好，姥爷也好，甚至是杏也都应该深知这点。母亲身边有善解人意的丈夫和孩子们，离婚之后又和高桥这样的男人成为恋人关系，编辑会来找她约稿，父母也是有求必应，可她偏偏近乎顽固地保持着独自一人。她不允许任何人越过那条线。仅仅只与小说融合在一起。我身在离母亲最近的地方，可自打出生以来，我的人生一直都空洞虚无。当我意识到的时候，我已经和母亲一样，成了一个无法和任何人相融合的人。

我的脑海中浮现出光也。最近几次的约会中，我感觉他换了一种新的方式与我相处。他想要触碰，想要依偎在一起，想要更靠近。我仗着对方在这方面并非轻车熟路，用沉默把他无言的欲求应付了过去。面对我的敷衍，光也不声不响地承受伤害，为我们的距离不知所措，而我却装作对他的困惑毫不知情。明明言辞和态度上都温柔地相互接纳，但我们之间横着无可奈何的身体上的距离，以至于到了现在这个地步——当双方都对这点心知肚明以后，若不重新开始尝试身体接触，我俩的关系就无法再进一步了。心灵与身体的接触过于失衡，我甚至会暗自期盼：他会不会索性强迫我就范呢？这简直是为满足自己的欲望而践踏光也的温柔和尊严，抱着这种期望的自己实在太可怕了。

我借口有事要去趟新宿，拒绝了姥爷送我回家的提议，让他载我到车站，然后乘上了开往新宿的快速列车。我透过车窗眺望着郊外寂静的风景，比肩而立的大型家电量贩店和高尔夫用品店映入眼帘。阳光暖暖的，我面朝车门站着，一阵睡意袭来。我靠着座位的扶手，眼皮愈发沉重的时候，眼前浮现出幼时的杏一脸困倦的表情。我给杏念着绘本，而她一脸下一秒就会睡过去的表情。杏那会儿大约三四岁吧。杏上床钻进被窝，打断正读着绘本的我，问：喂，你知道吗？小杏的脚脚已经睡着了哦。杏睡眼惺忪地眨巴着眼说道，我不由得笑了。小时候，杏经常把东西拟人化。夏天炎热的时候她总会说：牛奶总待在凉快的地方真好呀。有次吃午饭的时候，她突然指着盛在勺子里的炒饭说：“这是小杏和雪乃妹妹，小杏的嘴巴就是学校哦。所以啊，小杏和雪乃妹妹都哭着不想去上学。”说罢便啊呜一口把勺子送进了大张着的嘴里。那现在她们都去学校啦，我这么一说，杏便“嗯”地笑了，眼睛弯得像月牙儿一般。她曾是个可爱的妹妹。杏曾经是我心爱的妹妹。

我拿出手机，确认了杏没有联系我，于是打开Snapchat，给她发了条短信：联系我。我想起她应该有玩Facebook，一查才发现杏的账号已经注销了。说起来她似乎很久以前就说过不玩了。我思忖片刻，给光也发了短信：“前些天你和晴臣交换联系方式了吗？”光也和晴臣聊得特别投机，分别的时候还约了下次去光也店里，想必交换了联系方式。原以为我存了晴臣的手机号码，或许是转移数据到新手机的时候给漏掉了，现在的手机里没有。光也很快回了信：“交换了哦。不过只是LINE的ID而已。出什么事了吗？”“我有点担心杏。能不能帮我跟晴臣说一声我想联系她？”“联系不上小杏吗？”“从上周大家一起吃饭之后就一直联系不上。”一条接一条的短信突然中断了，我感觉到了光也的逡巡。那时，我和杏之间有些火药味，别说光也，甚至连晴臣也应该察觉到了。“其实那时我俩在洗手间发生了点争执，那以后就联系不上了，今天母亲的三周年忌日她也没露面。”“明白了，我联系他，跟他打听下小杏。”“如果杏还跟往常一样，就没关系。我只是有点担心她是不是出什么事了。”“明白，我就若无其事地问问看吧。”光也十分敏锐。他不会擅自闯入别人不愿被人涉足的地方。他想得非常透彻，总是活在逡巡与磨蹭之中。他温和恬静，对一切都抱有感谢之心和敬畏之念。他没有一般年轻男性那样容易钻牛角尖的自我意识。不知为何，他的善解人意却给我带来了压力。也许我总想着不可以破坏他现在的模样，面对他高纯度的“完成时态”不知所措，于是才畏缩不前。

电车一到新宿我就迅速换乘了。电脑里应该还保存着旧手机里的晴臣的手机号码。无论如何，我想尽快搞清杏在哪里做什么，不对，只要确定她没事就好。“刚才我用 LINE 打了个电话，没人接。发的信息也是未读状态。我再等等看。有回音我马上联系你。”看到光也发来的短信，我的心情越来越沉重。既然 LINE 的短信没有变成已读，那么就算打电话恐怕也打不通吧。如果跟晴臣也无法取得联系，那下一步只能找学校了。询问她最近的出席情况，如果一直都缺席的话，下一步就得找警察了。我忽然有种感觉，杏只有晴臣一人可以依靠。杏周围总有一大帮不固定的朋友，她经常会提起我不认识的朋友的名字，跟我讲起谁谁又怎么样了。可一到关键时刻，我试着回忆起杏的朋友，却连一个特定的名字也想不起来。我一直抱有无法与任何人融合的孤立感，而成长在同一个母亲身边的杏是否也背负着同样的孤立感呢？

我笼罩在朦朦胧胧的不安之中下了车，快步走向公寓。都怪这双没有穿惯的浅口皮鞋，扫墓进行到一半我的脚就一直作痛。突然右脚后跟一阵剧痛，大概是水泡磨破了吧。包里应该有创可贴，可我仍然直视前方不停地迈步。让光也与杏见面的时候，我心烦意乱。我感到杏正拽着我试图向前迈出的脚。杏就有这样的特质，从根本上就不认可成长和进化。不重视心智和理性，不认为未来存在于现在的延长线上。杏的思维简直就跟Snapchat如出一辙，只有此时此刻的画面。然后下一个瞬间便烟消云散。而后，新的画面里又出现文字，一读完便逐字消失了。

小时候，有一次我们一起看动画电影，杏说了很奇怪的话。动画片的故事简单易懂，讲的是主人公和他的朋友向杀害主人公父母的坏人复仇。杏却斩钉截铁地说完全不懂这个故事的意义。她说，即便杀了这个坏人，他也已经不是杀害主人公父母的那个坏人了，所以没有意义。也就是说，杏认为随着时间流逝，人会变化成另一个人，这里面不存在连续性。所以，现在去杀死过去杀害了他父母的坏人是毫无意义的。要这么说的话，现存于世的所有劝善惩恶的故事都统统徒劳无益，而且这根本就是对刑罚的全盘否定——我反驳道。我为丝毫不与主人公产生共鸣的妹妹感到心浮气躁，不禁觉得为故事感动不已的自己似乎被她看不起了，为此我俩还争论了一番。但我们的争论始终像走在两条平行线上一样，最终我主动放弃了。回想起来，妈妈和杏在这点上倒是很像。不会感动于别人觉得感动的事物，不在乎一切的因果关系。无论怎样思维都没有连贯性。

当时在那家餐厅里，我大概是意识到将来有一天，这样的杏会成为我工作、恋爱和学习的障碍。她大概会不断否定我怀着强烈意愿和希望去挑战的从今往后的人生。一定会以她的存在方式、以她的生活态度，来否定我。我珍视的东西在杏眼里一文不值。母亲亦是如此。对我所珍视的东西，母亲也不认可它的价值。对于自己很重要的人却不看重自己珍视的东西，仅仅如此人就会深深地受到伤害。

难道杏和我就不能携手提升彼此吗？说到底，杏根本不承认人会有所提升这种现象，所以大概不可能吧。不过，既然如此，那杏想在我身上寻求什么呢？杏希望我做一个像母亲一样照顾她的人，只需要抱住她、安慰她，其他一切都不要紧的人吗？如果是这样，的确，对我而言这种关系徒劳无益，杏只是一个累赘。我们只能避免过多干预对方，保持距离感相处下去。可是，杏真的打从心底否定人的连续性吗？她真心觉得刑罚毫无意义，只是一种规则而已吗？真的有这种人吗？如果有，且不说她是我的妹妹、是家人，连存在这种人的这个世界都令我惧怕。

不过，诚然，就算我被人杀害，杏固然会极度悲伤和痛苦，但也不会想去复仇，我觉得她大概会运用谜一般的理论来思考，然后有一天一下子就释然了吧。想到这里，我忽然回忆起我的前男友樋口。杏特别讨厌他，他每次来家里玩她都不快地咂舌。樋口每次开口跟她搭话，杏都会回以令人费解且极度失礼的无视——在凝视他好几秒之后，仿佛什么都没发生一般移开目光。樋口因为我的家人——神经质的母亲以及权当他不存在的杏——而无所适从，但总是坦诚地面对我。我一直觉得我和樋口之间的羁绊早已超越了单纯的恋人。可是母亲死后，我和他之间的关系出错了。他紧紧抱住在葬礼上一滴眼泪也没流的我说："你尽管哭出来吧！"那时，我全身起了一层鸡皮疙瘩。伴随着强烈的愤怒和无法挽回的反感，一种想要朝他破口大骂的冲动慑住了我。而且，那个时刻，我觉得自己第一次有些理解杏为什么会说劝善惩恶的故事莫名其妙了。那个瞬间，我和樋口之间有了裂缝，仿佛被指甲钩破的丝袜一般，根本无法阻止这个裂缝继续扩大。母亲是否将我培育成了一个不为通俗易懂的故事所束缚的人呢？从结果来看，母亲的死分开了我和樋口。也可以说，母亲过去收集的贝丝缇玩偶将光也和我联系在了一起。正当我的思绪百转千回之时，公寓已经映入眼帘，这时手机震动了。"刚刚晴臣回短信了，我马上给他打过去。问了他之后再跟你联系。"不必再去查找电脑里存的联系方式了，我松了口气，稍稍放慢步子跨进了公寓的门厅。恨不得马上脱掉鞋子。

把钥匙搁到玄关的置物架上，我进到走廊，果不其然两脚的后跟都磨出了水泡，还有一个磨破了。我想起急救箱里应该有伤口黏合贴，便往客厅走去。斜前方传来的微弱声响让我一下子停住了脚步。我不声不响地退回几步，从伞架上抽出一把看起来很结实的黑伞，然后猛然推开了杏的房门。

“杏……”

杏躺在床上看向我，从她的眼睛里我感觉不到任何情感。我不由得想起了小时候我和妈妈之间的交流——每每我担心地注视她，她总是冷冰冰地回以一句“什么事？”

“广冈……？”

广冈也用毫无感情、甚至连一丝惊讶都没有的眼神盯着我。两人身上盖着被子，但杏的乳房却袒露在外，我不禁移开了视线。

“欸，下雨了啊？”

杏看了一眼我手上的雨伞。听到杏的言语我一时感到膝盖发抖，却原来只是上衣口袋里的手机在震动。

“杏，他可是有妇之夫啊！”

“我知道啊。”

“……你在干什么啊，杏？！广冈也是，你怎么想的啊？”

“她引诱我的。”

“你脑子坏掉了吗，这孩子才十六岁啊？！”

广冈一脸不耐烦地点了点头，低声说我知道。差劲透了！我吐出一句，可到底什么差劲我自己也说不清。我还光着身子呢。杏说罢单手轻轻挥了挥，用手势示意我走开。差劲透了！我以谁都听不见的声音丢下这句话，砰地摔了门，呆呆地站在走廊里把伞砸到地上，然后回到玄关趿上穆勒鞋走出了家门。下了电梯，走出公寓。两次差点无视红绿灯，我好不容易才缓下了步伐。简直莫名其妙。完全没有真实感。我仿若置身不可思议之国。我追寻着杏误入不可思议之国，然后在那里目睹了残酷的现实。无论我如何担忧，无论我如何认真地思考，在这个现实中，妹妹和一个道德沦丧的渣男有了不伦的关系，还觉得我碍眼。所以才讨厌啊！一直讨厌！我压抑着想要大喊大叫的冲动，摁住胸口，拿出震动的手机点了通话键。

“理有，看短信了吗？”

“对不起……我还没看。”

“晴臣说三天前被小杏撞见他劈腿。当天杏就离开了，之后就再没回过晴臣家，没去上学，也联系不上。晴臣说他深刻反省了，保证再也不犯了，希望她能回去。”

我忽地停住了脚步，刹那间回头向身后看去。这么说来，杏的手上确实缠着新的绷带。杏究竟经历了怎样的混乱场面，才和广冈发生了关系？真是蠢透了，我抛开了渐次膨胀的想象。说到底，杏为什么会认识我常去的美发室店长呢？我一直对前阵子她在餐厅说的那些话耿耿于怀。杏看到我特意做的发型问道：你的发型，是去美发室弄的？那时杏就已经认识广冈了吗？

“我想杏不会再回晴臣那里了。晴臣这已经不是第一次了。”

“理有，你联系上小杏了？”

“她在家。”

“你现在在家？”

“没。”

不在家。说完这句我突然浑身乏力，觉得一步也走不动，一句话也挤不出来了。光也，我该怎么办？我无法再爱着杏了。这句话脱口而出的瞬间，我忽然回想起高桥提到的卢梭的话——我们之所以心爱人类，是由于我们有共同的苦难。我为什么会想要爱杏呢？

“理有，你怎么了？你在哪儿？我马上过去，等等我！我去哪儿找你？”

我告诉他最近的车站，光也说他到了再联系，便挂断了电话。虽是东京都中心，但车站离住宅区不远，站前有条店铺充实的商店街。道路两边公寓鳞次栉比，我靠坐在路边的护栏上，不禁回想起刚搬来这个街区的时候。虽然杏既没开口说过也没哭，但她时常盯着手机里母亲的照片发呆，考虑到她的心情，于是我选了这个不会让人联想到母亲的地方。这个地方与以前的生活无缘，方便我上大学，去杏转学的初中也很便捷。这里曾是我们俩新的出发点。我们两个人一直相依为命。自从妈妈死后就一直这样。不，自从爸爸和妈妈离婚之后。不对，自从那一天——我紧紧抱着在医院呱呱坠地的杏，护士小姐逗我说“可别把婴儿给挤坏了”的那一天起。我们俩手牵着手，两个人相依为命地过着日子。本应两个人一起，度过一切难关。我自以为一直紧紧握着的那只软乎乎的小手，不知何时变成了一只俘获已婚男人的邪恶之手。

为什么这副打扮呢？听了我的问题，广冈笑着说：不满意这副打扮啊？其实你想打扮得更不同吧？你的发型呀，性格都跟这身打扮不搭嘛。总觉得你像换装玩偶似的。我的性格？对，广冈哥的性格。我的性格啊……我说得不对吗？我多少年没有思考过自己的性格如何了。唔……这算是幸事？谁知道呢，或许是不幸吧。关于广冈哥的性格，关于不幸，就由我来帮你好好思考一下吧。他扣好白衬衫的扣子，坐在床边。

“你呀，没事吧？”

“什么？”

“被男朋友劈腿，又让姐姐看到这种场面，还不去治疗惊恐症，以后要怎么办呐。”

“广冈哥把我捡回去呗。”

我才不捡呢，广冈一脸不情愿地说。广冈的说话方式就仿佛从斜坡飞奔而下，脚步停不下来似的。他句尾含糊、口齿不清的腔调，粗鲁的措辞，带着一股昔日不良少年的感觉。真不捡吗，我边说边拉起他的手。广冈的手和晴臣迥然不同。晴臣的手指像女孩子一样修长纤细。广冈的手则是普通成年男人的手。十指相扣地紧紧握住他的手，他也用力握紧了我的手。在晴臣房间里划破的伤口黏糊糊的，阵阵抽痛。我很清楚，简单包扎着的绷带下面，伤口又裂开了。我用手撑在化作玻璃碎片之海的地板上时被划破了，左手食指和中指的第二关节伤得很深，每次开合手掌都一阵刺痛。

“我知道这附近有家不错的医院，介绍给你。”

“不用啦。这点伤我自己能搞定。”

“自己能搞定的事情交给别人来做才有意义不是吗？”

我可不是能在这些方面发现价值的人。我边说边思考起把一切都推给了理有的自己。因为理有希望这样，并不是出于我的意愿。但说不定理有也跟我想的一样——杏希望如此，并非我意。说不定她就是这么想的。我和理有都不曾希望的我俩的关系，究竟是从什么地方、又是如何产生的呢？我忽然想到一直处于关机状态的手机。晴臣给我打了多少次电话呢？理有又联系过我几次呢？

“广冈哥和理有睡过吗？”

“没有。”

“你骗人。”

“你真的一点儿都不了解她啊。”

“什么意思？”

“她可是非常认同我的父性哦。”

“你才是对她一无所知。”

啥？广冈皱起了眉头。我伸出右手抚摸广冈的头发，窥视着他的表情说：理有可是天生就恋父哦。你是巴不得我和理有睡过？说着这话的广冈那下流劲儿刹那间强烈地吸引着我。你希望我说“是”吧？我问他。我可不喜欢搞得那么纠缠不清的，他一脸认真地回答。

“你不和男朋友联系吗？”

“嗯。已经不想和他在一起了。”

“虽然我也不能为你做点什么，不过，我觉得不管怎样你还是别回你男朋友那儿了。”

“我知道。”

我一边回答一边想到了自己，就像倾斜的弹珠球台一样，弹珠四处弹来弹去而最后总是落回晴臣的身边。这次总算是结束了吧？我还是第一次那么清清楚楚地目睹他劈腿，也是自我和晴臣交往以来第一次和其他男人睡。可是，我还没有体会到已经和晴臣分手、已经不再喜欢晴臣的真实感。不过，对眼前的广冈越来越有好感也是事实。一想到唯有这份好感才是能让我从名为晴臣的地狱里爬出来的救命稻草，我对广冈的执念便越发强烈了。可他已有妻儿这件事又浇灭了我想要抓住这根救命稻草不放的念头。啊，广冈轻叹一声，抓住我的手腕。

“血渗出来了。”

都怪我握得太用力，抱歉。他说着，缓缓地解开我左手上的绷带。不要紧，我轻声说。只绕了五圈绷带便解开了，他一脸不愉快地盯着我的伤口问：没有玻璃碴了吧？那天，我双手鲜血淋漓地来到已经打烊的 Epsilon。我可见不得这么血淋淋的，他半背过脸说，帮我处理了双手的伤口。他在洗发台边一点点地用热水帮我冲洗伤口，听到细碎玻璃片掉落的声响，广冈的表情扭曲了一下，发出了微弱的呻吟。

“你还是去医院看看吧。这伤口若是好好包扎一下也许不会留下疤痕。”

“留疤倒是无所谓。我生命线很短，说不定还能因此延长一些呢。”

“至少还是处理一下不让伤口裂开吧。有急救箱吗？”

“有是有，不过不用了。”

“都三天了伤口还没愈合，还是不行啊。”

广冈坐在床边看着我，我伸手捧住他的脸颊。是因为广冈哥握得太用力了，我低声说。他仿佛一下子脱力了似的，拉着我的手腕让我站起来，说：那我给你处理一下。

在客厅找到急救箱，广冈把消毒液滴在我手上，用医用胶带一截一截地把伤口合拢，让肉贴合在一起。广冈做着细致活的手指，凸显出他的工作有多么细腻。这时，一直烙印在我脑海中握住我血淋淋双手的晴臣那细长手指的记忆啪嗒一声剥落了，重新刻印上了正在给我处理伤口的广冈的手指。手掌是最常用的部位，可能会有些勉强，但尽量不要张开啊。广冈说罢合上了急救箱。

“说真的，你呀，今后到底要怎么办？”

“怎么办呢……我是个孤儿了。”

“跟你姐姐道歉，好好在这里过日子。”

“道歉？道什么歉？”

“我也不知道。就算不道歉，也好好谈一谈不行吗，推心置腹地？我不觉得你是个坏家伙，也不觉得你姐姐会排斥并不坏的你。”

是吗？大概是吧，我自言自语道。想起这三天，我一直独占着广冈除去上班以外几乎所有的时间。他一定很想从我这里解放出来，回自己家吧？自从那天晚上我造访广冈的美发室以来，他几乎一直陪在我身边。他究竟是怎么跟他老婆解释的呢？还是说，这点小事不过家常便饭而已呢？

“你还会见我吗？”

“麻烦事还是免了吧。”

只要做爱，便会喜欢上对方。刚开始带着犹豫做爱，渐渐地不再迟疑，与此同时喜欢的心情一发不可收拾。踌躇会发展成惯性，一旦形成了惯性，两人的关系以及性爱也会变成一种习惯。于是渐渐搞不清到底喜不喜欢对方，因此初高中生的情侣会因为劈腿或是微不足道的争吵而分手。我和晴臣之间无论是关系还是性爱都没有成为惯性。交往一年半，我们不遗余力地享受了恋爱和性爱。我们之间没有惯性，作为代价，晴臣也跟其他女孩子享受着没有惯性的恋爱和性爱。

“没事。男朋友一直背着我乱搞，我也知道广冈哥是已婚人士，而且是我硬要引诱你的。我是果决型的女孩子。”

“你那个男朋友确实挺帅的，但你也相当漂亮啊。”

“我并没有表现得卑微哦。”

“可能是吧。但毕竟年轻，大概很多地方会看走眼吧。无论是那个花心的男朋友，还是我，都跟你不般配。而且你也没必要那么畏惧你姐姐吧？”

听到这意外的一句，我不由得挑起眉毛强调：我才不怕理有呢。

“不喜欢的人说什么都无所谓，可若是出自喜欢的人之口就会很受伤吧。所以，一般都会有些害怕喜欢的人，不是吗？”

广冈坐在沙发上，喝起了我递给他的啤酒。他的动作和态度带着他特有的粗野。他时而毫不做作地抬起一条腿放在沙发上，时而在喝啤酒时发出咕嘟咕嘟的声响，举手投足之间流露出完全不像美发师的杂乱无序，流露得恰到好处，甚至令人不禁怀疑这些是否都是他算计好的。

“喂！”

“嗯？”

“那是……？”

广冈手指的方向放着书架。上面摆着妈妈的全套著作，以及理有书桌上放不下的参考书和习题集。书架并不大，但三分之一都空着。

“咦，这是中城女士？”

他起身走到书架前，盯着相框看。

“你说照片吗？我们三个人在哪儿拍的来着，好像是去塞班的时候吧。”

“欸，你俩是中城女士的女儿？”

“你不知道吗？我还以为理有告诉你了。”

“说起来……我一直给中城女士做发型来着。”

“欸，妈妈去过那家店？”

“没，是我成为那里的店长之前，在另一个连锁的店。我跳槽到那家店后，由利佳女士马上就换了一家美发室，后来只是偶尔路过的时候找我吹头发做造型而已，不过加起来我给她剪头发大概也有八年了吧。”

“不可能是偶然吧？”

“不会吧？”

“理有没有告诉你自己的身份吗？”

“倒是说过母亲已经过世。说起来你们姓什么啊？”

“当然是中城啊。”

“那家伙，在店里都自称长政理有。”

“那是父母离婚前随的爸爸姓。”

我感觉到某种硬邦邦的东西在体内不断胀大。一直以来，我看着理有，总觉得有些东西无法完全消化。一直都不明白理有到底在想些什么。为什么理有会这样，为什么理有会那样，为什么？我一直抱着这样的想法，却无法面对面地追问她一些关键的事情。妈妈死那天的事，她怎么看待妈妈，以及她怎么看待我。我们一直亲密无间，一直无话不说，可自打妈妈死后，我们都小心翼翼地避免着深入接触。

“理有从妈妈死前就一直光顾广冈哥的店，对吧？”

“啊，大约四年前开始的吧。”

“妈妈过世的那段时间，她跟你说了什么吗？”

“……话说，我突然想起来了，那家伙从第一次来店里开始就一直宣称母亲已经不在世了。”

什么？声音从唇间漏出，我感到自己的表情僵住了。你开玩笑的吧？我挤出生硬的笑容。广冈也同样绷着脸，低声说：没有。他手里的相框中，妈妈带着若有若无的微笑。

“四年前，大约是夏天吧。记不清是不是第一次来的时候，最多也是第二次或第三次光顾的时候，她说起母亲两年前因为肺癌过世了。那时她才十六岁，她回去之后我还又翻看了顾客信息卡确认了一下年龄，心想，这么小就没了母亲，她一定过得很艰难吧。所以我记得特别清楚。恰好那段时间，跟我关系很好的连锁店店长刚因为肺癌住院，我也在网上详细调查过肺癌，所以印象特别深。由利佳女士过世是在两年前吧？”

我默默地点头，觉得有某种东西穿过身体这个空筒，啪嗒一声滑落到地上。随即，与滑落部分相应的空虚感袭上心头。

“别露出这种表情。”

将相框放回书架的广冈双手捧起我的脸，小声嘀咕：怎么觉得你变小了啊？我怎么觉得广冈哥变大了，我说。说罢，我们无力地笑了。我总感觉一旦这个笑容消失，剧烈的战栗便会袭来。我无法紧咬住松弛下来的嘴角，拉住广冈的手，感受着贴在掌心的胶带被蹭得有些松散，却又忍不住暗暗发力。

广冈回去之后，我打开了带回家的行李。教材和笔记本忘在晴臣家了。早晚得去拿回来，但我不想一个人去。我把钥匙扔在他家就出来了，如果要取回东西就不可避免地要与晴臣碰面。不过，反正也不能一直逃学。因为和男人分手便从高中辍学，这种傻事我可不做。我想着晴臣，可不知不觉之间，脑子里理有的存在已经压过了他。心里难受得很，就好像一朵发出邪恶声音和气味的云彩笼罩在头顶上似的。从晴臣家摔门而出后过了三天了，我漫无目的地在广冈的美发室、情人旅馆、漫画咖啡店等地方徘徊，一直没有踏踏实实地睡过觉。可即便我静静地躺在自己的床上，却丝毫没有睡意。手机充电完毕，一打开电源，短信邮件和未接来电便蜂拥而至。数量多得让我完全没有心情打开查看，索性扔在了一边。杏、小杏、听我说，杏……晴臣的声音仿佛在耳边响起。他会呼唤我多少次呢？他会多少次呼唤我，发誓真心待我呢？听到他拿手好戏似的谢罪以及“我爱你，原谅我吧”的一整套作秀，我只会感到痛苦。

我起身一口气灌下喝了一半的预调酒，然后解锁手机，打开收件箱点了“全选”，按下了“删除选中的项目”。SMS短信也删了个干净，还把两个SNS的聊天记录也清空了。趁着这股势头删除了所有来电记录、拨号记录和电话录音。拿着清除了所有记录、空空如也的手机，光是这样就感觉逾越了一大难关，心情轻松了许多。在晴臣家撞上劈腿现场，大吵大闹离开他家之后，我一次也没有哭过，也许是因为和广冈在一起吧。不过，大概是由于三番五次被他劈腿的缘故，跟他在一起的同时心里总想着一定还会有下次，所以竟也没受多大打击。妈妈突然死了。突如其来的一天，一个出其不意的时机，她突然就死了。如果她是查出罹患癌症，经过反复的手术和癌细胞扩散，与病魔抗争多年而死，那么对我而言那将会是全然不同的死吧。跟这一个道理。我并不是突然有一天被一个我认为绝对不会劈腿的人背叛。我是心里带着怀疑和他在一起的，总觉得会有下次，一定会再犯，肯定还会再次背叛我。但不能否定我也曾经相信过他不会再犯了，一定不会再犯了，不会再背叛我了。也可以说我总算脱离了这个怪圈。

“想见我的时候就联系我。随时随地我都会去找你。”

我给广冈发了一条短信。今天是店里的固定休息日，他一定已经回家了吧。他夫人看到锁屏界面上显示的短信，说不定会追问广冈。说不定还会擅自解锁手机，搜寻他出轨的痕迹。我明明连广冈住哪儿都不知道，却不由得想象起或许会在东京的某处发生的小小事件。我翻身起床，打开了衣橱，抱起了放在塑料衣物收纳箱上的玩偶。这只红眼睛的羊总是一副可怜巴巴的表情，长长的四肢无精打采地耷拉着，脸上带着卑微的笑容。一见到它我就会想：这世上所有的存在彻头彻尾都是可怜巴巴、令人无可奈何的。妈妈最是宝贝这只羊。偶尔还会跟它一起睡在床上。只因为它为妈妈所拥有，我一直觉得它十分贵重，总是赞不绝口地夸它：“好可爱哦，好可爱哦。”直到妈妈死后我才第一次知道，原来这个玩偶会使得人的心情悲凉到无以复加。而这一瞬间，这玩偶的魅力便烟消云散了。我想要的、喜欢的是妈妈珍视的玩偶，就算抱着已经不再受妈妈重视的玩偶，心里也没有丝毫愉悦。这玩偶姑且算是遗物，所以我没扔，但当摆设又不可爱，于是一直沉睡在衣橱里，维持着它的地位——我觉得或许今后搬几次家，它不知不觉之间就会消失不见了。

“你会先忍不住想见我吧？”

看着广冈发的信息，我回复道：想见你的时候可以跟你联系吗？他回了句：我说不行你就乖乖不联系了吗？和他共处三天，我明白了一件事——广冈总表现出冷冰冰的态度，却出人意料地挺享受这样你一言我一语。我没什么真情实意地发了一句：“我会努力忍住的。”他回了句：“那你加油。”大概也没什么真情实意。

“杏，求求你接电话吧。我想跟你当面谈谈。”

没法谈。我自言自语着，把刚刚收到的晴臣发来的信息删掉了。意外的是，我心中竟没有犹豫。我可以跟晴臣分手。这么一想，倒是觉得不久前的自己令人难以置信，为什么会拖到现在呢？

“嗡——嗡——”注意到不断震动的手机，我抬起头看向电子时钟。被 00:39 这个数字吓了一跳，我爬出被窝走出了房间。走廊和客厅都没有开灯，静悄悄的。她还没回来啊，我心想。推开理有的房门，只见电脑的外置摄像头在一片漆黑之中闪烁。理有……我低声唤道，愈发强烈地感受到了这片寂静。我在厨房开了一罐预调酒，边喝边点开了群聊——这个群里主要是一起跳舞的朋友，从刚才起群里就热闹非凡。

大家现在干吗呢？

我在这儿，过来吗？正嗨着呢！

欸——在埃姆斯俱乐部吗？

我要不要去呢——

现在涩谷，我要去~

同上！

我去不了，基本已经躺下了~

我已经加入

2点开始DJ NARIO要上场哦！

欸！NARIO的演出吗？

我超喜欢NARIO！

我现在新宿30分钟之后就去——

夹杂着图片和表情包聊天的群成员大约有二十人，打字的就八个人左右。晴臣也在群成员中。如果我现在在群里说我要去，晴臣看到了可能也会去埃姆斯。我的身体蠢蠢欲动起来，而与此同时，可能会见到晴臣的郁闷和担心万一又在外面突然发病的不安也逐渐膨胀。迄今为止我明明从来都没有担心过发病，但我想到，之所以能够不担心，或许是因为一直有晴臣和广冈陪在我身边的缘故。我坐在阴暗客厅里的沙发上喝着预调酒，仿佛什么都抓不住，飘荡在失重空间里一般。

还是去吧。我撑起沉甸甸的身子，洗了脸，扑了散粉涂了唇彩，从家居服换成无袖上衣和短裤，披上一件薄款长帽衫。从收到第一条群聊信息起已经过了三十分钟，可晴臣仍然没有加入聊天。不过，我去则去了，或许会有人告诉晴臣我在那儿，而且也可能晴臣已经在埃姆斯了。可是……我想，总之，不可能永远都不见晴臣。我心中释然，把包挎到肩上，但在玄关选鞋子的时候又犹豫起来。我以前分明是个不断往外跑的人，果然还是因为上次那场发作吗？据说有些人生病后人格会改变，这么一想也是理所当然的事。身体发生变化，就等同于这个人的全部都改变了。

我站在运动鞋前烦恼不已，好容易将一只脚塞进去重新系上鞋带，咯噔咯噔的脚步声便传入耳中。是理有。这个念头闪过的瞬间，我听到门锁打开的咔嗒声，抬起了头。理有见到坐在玄关穿运动鞋的我，似乎没有半点惊讶，面无表情地说了句“我回来了”，脱掉了穆勒鞋。不知为何我没能开口叫她，呆望着理有的背影，见她走进了客厅。我在冲动驱使下扔掉手里的运动鞋，追着她的背影而去。

“理有。”

“什么？”

“我想和理有谈谈。”

“谈什么？”

“各方面。”

“就算你突然这么要求……”

“理有是怎么看待广冈哥的呢？”

“如果不是已婚的话，那就跟晴臣不同，什么问题都没有。杏你现在的行为是婚外恋啊！”

“不是说我，理有你是怎么想的？”

“我根本不在乎广冈。在美容店之外也就见过他一次，而且只是在烤串店吃了点烤鸡肉串就拜拜了。”

“那你为什么一次又一次地去那家店呢？”

“放心吧。会和杏睡的男人不会和我这样的女人发生关系的。”

“我听广冈哥说了。理有在妈妈死前就一直谎称妈妈已经死了。因为妈妈曾经是广冈哥的客人，所以你才去 Epsilon 的，对吧？”

你听说了啊，理有依然面无表情地说。

“我真是搞不懂理有。既理解不了你，也不知道今后应该怎样与你相处下去。”

“杏理解过我吗，哪怕是一次？”

一直以来我所看到的理有，和现在我眼前的理有，我无法把她们看作同一个人。一个月前她刚从马来西亚回国的时候，一切应该还很正常。我们因为重逢而开心，像昔日那样睡在一张床上。那么，果然是从她和光也开始交往之后开始的吗？我觉着的确是从那阵子开始，我和理有就常常错过。

“我希望能和理有像从前一样和和睦睦地相处下去。你和光也的关系，我也完全没有反对的意思。若是理有觉得不妥，我也不会再和广冈哥见面。”

“请像从前一样照顾我，帮我收拾烂摊子，是这个意思吧？如果广冈的妻子找你要赔偿费，你是不是还要我帮你付啊？”

“为什么你要这么仇视我？竟然说出这样的话，理有果然不正常。”

“不正常的是杏才对吧！迷恋那个劈腿成性的男

朋友，遭到背叛就立刻搞婚外恋？我最讨厌没有理智和节操的人了。”

理有憎恶着我。我觉得光是明白了这点，交谈就已然丧失了意义。我俩无论怎么谈都是徒劳。我忽然感到烟雾弥漫起来，于是环视四周。哪里都没有冒烟，也没闻到气味。又发病了吗？恐惧、愤怒与无力感混杂在一起，在我的全身上下卷起团团混乱的旋涡。

“这算什么啊？”

“什么？”

“你总是一副利落模样，脸上写着‘我是个正经人’，嘴上说着我讨厌不理智的人……理有你不也对妈妈见死不救吗！”

我的吼声震得嗓子生疼，而同时我的脑海里浮现出妈妈割破喉咙的影像。我清晰地回想起从喉咙喷出鲜红血液，断了气的妈妈。

“你说什么啊？”

“理有那时不是说别叫救护车吗？说是让妈妈死是为她着想。那时的理有又有什么理智？我脑子里一直都是妈妈鲜血直流的样子，挥之不去。可是理有却一脸漠然，淡泊地活着，神情仿佛在说‘我没有丁点儿悔意和迷茫’，还一脸严肃地训诫我不可以搞婚外恋，你这算什么啊？”

“你在说什么傻话啊？简直莫名其妙。杏，妈妈是死于心肌梗死啊。”

“你胡说什么？我才感到莫名其妙呢。看到灵柩里妈妈的遗体，理有你还说伤口掩饰得真好，不是吗。”

“杏，你怎么了？你一直都这么认为的吗？记得那时我俩正在睡觉，可能是睡迷糊了。但我跟你讲过，当时是姥姥接到妈妈的电话，但电话那头没声音，所以她放心不下才赶过来的。我是姥姥他们到家的时候起来的，和他们一起进到妈妈的房间，一起发现了妈妈的遗体。妈妈口吐白沫，样子很可怕，所以不想让杏看到。想着要赶在搬运遗体之前，我叫了救护车之后马上叫醒了杏，和姥姥一起回了她家。还记得吗？我俩在出租车上手拉着手，还一起哭了不是吗？”

“……理有，你没疯吧？”

“杏，你以为妈妈是怎么死的？你以为那天发生了什么？”

妈妈的房间里传来很大的响动，我们去她房间一看，发现妈妈割开了喉咙倒在地上。理有哄劝我说妈妈没救了，顺其自然就好，没有叫救护车。我俩钻进被窝哭泣，没过多久姥爷和姥姥就赶来了。我俩乘车回姥姥家，在车里听姥姥说妈妈因为心肌梗死昏倒，大概回天乏术了。我和理有明白姥爷和姥姥是有意要隐瞒妈妈自杀的事实，决定将这个秘密保守下去。

我却没有心思去做解释。理有是脑子不正常了吗？因为那天的记忆太过惨痛而篡改了记忆吗？可是，如果理有没有说谎，那么篡改记忆的便是我了。这绝无可能。我清楚地记得——妈妈四溅的鲜血、妈妈大睁着的眼睛、怀抱羊玩偶从妈妈房间飞奔而出时我双脚的颤抖、房间里弥漫着的血腥气、在床上紧紧握住理有的手的温度。

“羊玩偶又怎么说呢？我从妈妈房间拿出来了不是吗？妈妈死的时候，我从那个房间唯独拿走了那只羊不是吗？”

“是我把它拿给你的。我想你或许会担心发生了什么，所以才拿着杏最喜欢的玩偶，叫醒你，对你说我们一起去姥姥家。”

她在说什么啊？我把所有神经都集中在耳朵上，拼命想要在理有的言语中寻找破绽。

"你为什么要跟广冈哥说妈妈已经死了？"

"……那段时间，我一直在模仿着妈妈。几乎读完了妈妈读过的书，妈妈在电影杂志问卷调查中列出的十部最佳推荐电影的作品我也全部看过十遍以上。我悄悄读了妈妈房间里刊登着妈妈访谈的杂志，把妈妈的事情调查了一个遍。我发现妈妈的钱包里有广冈店里的会员卡，一直都想去，四年前头一次用爸爸的姓氏预约了。我不想让广冈知道我是妈妈的女儿。在广冈面前，我就是中城由利佳——我一直怀着这样的心情。所以，我跟他说妈妈已经死了。可能你会觉得恶心，不过这就是事实。"

"喂，理有，你真的认为妈妈死于心肌梗死吗？"

"别说了！那之后，我看到网上流传着妈妈自杀的谣言，一直以来真的特别难过。怎么连杏也这么想？你要是怀疑就去问问姥爷和姥姥吧。"

"姥爷和姥姥为了隐瞒妈妈自杀的事实，把我们带走，甚至还安排人清扫房子以及给妈妈做特殊化妆呢。怎么可能告诉我真相。"

杏……理有叹道，她那含着惊讶和同情的眸子令我恐惧，我连忙移开了视线。哪些是真实，哪些是谎言？我的记忆应该可靠地反映出毫无虚伪的过去，可偏偏我却越来越没有自信。冷静点，杏，我们好好谈谈。杏，你怎么了？我无法制止忽然急促起来的呼吸，只得让肩膀上下起伏，强迫自己大口吸气。几乎无法吸入空气。“啊，发作了。”——我怀着近乎达观的心情，把手按在胸口上。

“你怎么了，杏，很难受吗？”

“没事。很快就会好。”

“难受吗？要躺下来吗？”

我平躺在沙发上，拉扯开帽衫的前襟。理有拿来一瓶水，扭开瓶盖，递到我嘴边，问道：喝吗？我喝了一口水，呆望着天花板，不安如同笼罩在头顶的厚厚云层一般向我袭来。我头晕目眩，天花板在我眼里打着转，就好似乘上了旋转木马一样。不能六神无主。必须告诉自己不要紧，很快就结束了。广冈也说过——如果老想着该怎么办，是不是会死，便会加剧惧怕和惊恐。重要的是去理解惊恐的模式，不要过度畏惧。

“之前也有发作过吗？”

听到理有的话语，我按着胸口，点了几下头。一会儿就没事了，我轻声说。理有一脸担忧地抚摸着我的头发。我觉得，只要理有能这样温柔地待我，妈妈的死因究竟如何，都无关紧要。晴臣劈腿了，广冈有老婆了，妈妈不在了，我除了理有之外一无所有。虽然伴有剧烈的头痛、眩晕、心悸和气喘，但是最为严重的发作期间大概只有十分钟左右，然而一旦以为平复下来而掉以轻心，便会再度剧烈发作。还不行、还不能掉以轻心、还不能起身。我的身体明明感觉完全没有吸入空气，却因为过度呼吸而手脚渐渐失去知觉。迄今为止从未见过的残酷拷打、体罚和虐杀的情景浮现在脑海中，就像放映旧式幻灯片一般，啪、啪地一张接着一张出现。紧接着涌上来的则是一种确信——确信比刚才的情景更为恐怖的事情将会降临到自己身上。没有任何依据，没有任何条理。对此我心知肚明，但我确定今后自己的命运会朝着令人惧怕的方向发展。

“不要紧，一定是惊恐发作之类的。过会儿就平复下来了。”

我握住她的手，喃喃说道。理有拉起我的手，对着绷带有些不知所措，却依然轻柔地紧紧握住。刹那间，理有身上飘来袅袅的咖啡香气，我脑中闪过光也的模样。不要紧，一会儿就好了，不要紧。听着理有的声音，我闭上眼睛，微微点了点头。理有手的温度，似乎持续不断地温暖并抚慰着我的情绪。就这样过了几分钟呢？我的呼吸逐渐变得轻松，胸口的苦闷也渐次缓和。我清楚地知道不安的阴云也一点点散开了。真好，这回，也没死。我微微睁眼，对上理有的目光，对她点了点头。

“杏是去了妈妈的世界啊。”

“啊？”

“妈妈总是很害怕，总是在畏惧着什么。”

理有用平静的口吻说道，她一脸和颜悦色，而我却仿若被人劈头盖脸地浇了泥浆似的一阵恶心，表情也扭曲起来。

“别说了，又不是我愿意惊恐发作的。”

“我很喜欢妈妈，甚至想要成为妈妈，可我无论是外表还是性格都跟妈妈截然不同。杏真的和妈妈一模一样呢。”

“理有有爸爸啊。”

什么意思？理有用犀利的视线瞪着我。

“理有还有爸爸啊。不是老用电脑通话的吗？”

你胡说什么？理有彻底变得面无表情，机器人似的盯着我。

“理有总是对着什么都没有的画面说话，我都知道。你以为我不知道吗？”

“什么意思？”

“理有那么轻易那么冷漠地接受了妈妈的死，为什么就不能接受爸爸的死呢？”

“你在说什么啊，完全听不懂！”

理有面部肌肉纹丝不动地说罢，把瓶装水放在地板上，默默地站起来走出了客厅。吱呀声传来，我知道理有回了她的房间。我也收起了所有表情，手从已经不再剧烈起伏的胸口放下。我从沙发上起身，拿起瓶装水一口气喝了一半。我原本还想理有会不会拿着刀出来捅我，可无论客厅还是理有的房间都悄无声息，一切都静止了。仿佛这间屋子里一个人都没有似的，我和理有都噤声不语。

听我说，爸爸。杏好像疯掉了。可能无法再两个人一起生活下去了。

没有人回答我。电脑的画面一片漆黑，什么都没有显示。

我曾经期望妈妈幸福。强烈地、热烈地，一直不断思考着怎样才能让妈妈幸福。可是我从来没有感受到母亲为我的幸福着想。我为什么会那么期望妈妈得到幸福呢？或许在某种意义上这是出于对妈妈的抵触心理。妈妈既不曾幸福，也不曾不幸。妈妈的世界只有小说未完成的世界和小说已完成的世界之分。写完一部小说之后的几星期处于小说完成的世界，而这段时间一过，她便又开始创作新的小说，全神贯注在小说未完成的世界里，只以完成小说为目标。我十分反感这样的妈妈。反感像她那样对现实生活敷衍了事，轻视日常，只能生活在这两种小说的世界里的人。换句话说，我对妈妈一直抱有一种强烈的感情，而这种感情却一直为妈妈所否定。这是一种对他人的激烈执念、爱和希望对方能够幸福的感情。我对妈妈的反抗便是去爱她、期望她幸福。而妈妈一直拒绝着这样的我。我念初中的时候，曾经因为担心夜不归宿的妈妈，在客厅边学习边等她到凌晨四点以后。我会担心她到这个地步，就说明她多半处于不稳定的时期。我给回到家的妈妈递上水，告诉她我很担心，妈妈却露出打从心底感到厌恶的表情，说："我啊，一旦被人挂念，就很想死。"我几乎呆住，小声说着"对不起"，妈妈从我身上移开视线，一言不发地进了自己的房间。即便被这样拒绝，我也依然期望妈妈幸福。我一直将妈妈看作不可取代的重要之人。一直担心着她。然而，我一直是一个与妈妈性情相反的人，与此同时却又怀着想成为妈妈本身的矛盾憧憬。我读遍了妈妈的访谈，无论刊登在纸质媒体还是网络媒体上的。在妈妈的小说付梓之前，我便潜入她的房间偷读原稿。妈妈如何删改原稿，如何推敲文章，如何应对校阅人的批注，阅读怎样的资料，又是如何将资料融入小说的——我仿佛妈妈的跟踪狂，如饥似渴地读着她的原稿。妈妈是否没有察觉到我的这种举动呢？直到最后，妈妈也没有提及过这些事。抑或是说，对妈妈而言，我这些出于执念的行为根本就不值一提呢？

“对爸爸而言，妈妈究竟是怎样的存在呢？”

“我和由利佳是对等的。”

眼看着他皱起了眉头。爸爸在顾左右而言他，想把我糊弄过去——我这样想道。

“理有是由利佳的奴隶，是杏的保护者。”

我双眉紧锁，死死盯着摄像头。

“由利佳和除我以外的任何人都无法建立对等的关系。她对此非常绝望。”

我一言不发地盯着漆黑的屏幕，深深吸了口气，取下了外置摄像头。已经再也听不到爸爸的声音了吧。妈妈的短篇小说里写过主人公和死去的恋人隔着屏幕聊天的情景。读那篇小说的时候我曾经觉得滑稽，但实际尝试竟出乎意料地畅快，于是这成了我的习惯。但是今天不一样。今天，我只觉得对着电脑讲话的自己令人毛骨悚然。我点开邮箱，从挎包里掏出高桥的名片，输入上面印着的邮箱地址。

理有。理有。含混不清的声音传入耳中，我扭动四肢，微微睁开双眼。理有——与声音同时传来的是拂过身体的触感。杏？随着手的移动，耳边传来了摩擦被子的声响。我停止了动作，被子的声响旋即停止。是梦吗？我摘下一直架在鼻梁上的眼镜，放到边桌上，再一次闭上眼睛。杏再也不会钻进我的被窝了。我已经不再是杏的保护者了。

再次醒来的时候我还是在往常的卧室里，打开门走了几步穿过走廊，便是跟往常一样井然有序的客厅。昨天我和杏在这里谈话的事难道是一场梦？我一边暗自思忖，一边泡了咖啡。这是前阵子光也帮我磨的厄瓜多尔产的咖啡豆。自打和光也相识以来，我对咖啡也逐渐了解起来．他教了我很多，比如，豆子的产地、烘焙时间及方法、手冲咖啡的做法。或许我可以不再为杏这一存在而困惑，不再为名为妈妈和爸爸的存在而困惑，过上寻常的日子吧。

为了不吵醒可能还睡着的杏，我缓缓地推开门，而门的另一边并没有她的踪影。杏一定是在我睡着后不久，趁着午夜出门了吧。杏总是这样。她没有我想象的那么为我着想。我常为这一事实沮丧不已。我感到自己正一点一点地从某种东西中解放出来。

我边吃牛角包边看着手机，这时高桥发来了邮件：谢谢你发来邮件。在此附上由利佳女士的原稿。如果有什么发现或是有介怀之处，请与我联系。言简意赅的内容后面附着一个Word文档和一个TXT文档。我稍做犹豫，率先点开了Word文档。那是我所熟悉的母亲的文章。或许是由于我一直执拗地认为从今往后再也读不到母亲新作的缘故吧，我感到心中有某种情绪骤然溢出。一个个句子发出吱嘎吱嘎的响声闯进了我的心里。这类似于往堆积成山的瓦砾里插入一根圆木的工作，伴随着用指甲抓挠玻璃一般的不适感。我只花了不到十五分钟便读完了二十页原稿。明明早知道读不到后续和结局，我却因为突然中断的文章而茫然不知所措。我怀着仿佛被丢弃在瓦砾堆上似的心情，关闭了Word文档，然后打开了TXT文档。这篇原稿是主人公丈夫最后的留言，据说母亲提议将它作为序幕放进小说里。我只看了一眼便意识到，这不是母亲的文章。我脑子里一团乱麻地读着如同网上聊天一样逻辑跳跃的文章。这不是爸爸的文章吗？一旦抱有这样的想法，便无法从中摆脱出来了。可是为什么？我反复读了几遍，终于有了一个假设——这段文字实际上可能是爸爸死前寄给妈妈的留言。爸爸离婚后不到一年时间便罹患转移性癌症，他究竟有没有与妈妈保持联系，我无从得知。听爷爷说，爸爸拒绝了一切探访。不过，若是如此，那我也能理解妈妈为何打算写的这个故事了。妈妈打算用爸爸的文字作为序幕，描写一个失去丈夫的妻子的故事。或许妈妈在爸爸死后才头一次意识到，与自己建立起对等关系的唯有爸爸一人。回想起来，妈妈的精神状态失常不就是从爸爸过世那段时间开始的吗？不过，一切都无从知晓了。妈妈的电脑和手机都谨遵她的遗嘱，连数据一起废弃了。再也不会有新的线索来帮助我推测妈妈当时的想法了。仿佛咀嚼薄荷一般的凉意贯穿了身体。

爸爸也好，妈妈也好，我再也无法与他们对话。我只能不断读取、调出和更新保存在自己脑中的记忆和信息，勾勒出妈妈的轮廓。而这个妈妈与现实中存在的妈妈完全是两个不同的人。就好像即使看到网上关于妈妈的信息，也未必能和妈妈本人联系起来。同理，我记忆中关于妈妈的信息也不一定能和现实中的妈妈关联在一起。鉴于我和杏心目中的妈妈形象大相径庭这个事实，本来一个人所理解的某人的形象也是单方面构筑起来的，取决于他选择记忆中的哪些信息而定。比如，假设我没有把小说这个符号放进有关妈妈的记忆中，那么我心中妈妈的形象会完全不同，或许会是一个更充满温情的形象。不说别的，我和杏在妈妈的死因上都没有达成共识。事到如今，讨论究竟什么才是真实根本毫无意义。我们从中城由利佳的死因中各自选择了不同的理解。即便我们中的一人选择了与事实相反的信息保存在脑中，即便我们两人都存档了有悖事实的信息，也是无可非议之事。本来，对信息进行取舍选择无非就是带着误解和偏见去认识事物，所以抓住选择标准的差异，争论“你为什么会是这种人”，根本毫无意义。我们与巨大的数据库共存，已经无法从中捕捉决定性的谎言或是决定性的真实。能够无限制地保存文字、图片、影像等各种数据的我们，深知它们统统无非都是可以进行加工修改、靠不住的事物。我们能做的只有去选择采用哪个信息而已。

但如果和光也一起会如何呢？要从庞大的数据中调出哪些、选取哪些，我们可以两人一起，一个一个慢慢地仔细斟酌。我们可以讨论什么是正确的，什么是错误的，一起制定真实的标准。而这种价值判断的关联，才比血缘关系、性别、年龄及出身等更有可能成为培养稳固的必然关系的重要因素。

我一直都被妈妈的魔法所困。一直被妈妈那完全不美好的魔法困住。现在，从妈妈的魔法中解放出来，我心想：我想见妈妈。想被妈妈紧紧拥抱。可是我想见的妈妈并非曾经存在于这个世界的妈妈。而是只存在于我心中的，我一个人的妈妈。

“理有，快看这个！”

我点开随文字一起通过 Snapchat 发过来的照片，只见一个装饰着浆果、生奶油和糖浆的漂亮松饼，杏两手扶着脸颊摆出蒙克的《呐喊》似的表情，盯着这个松饼。倒数开始，五、四、三、二、一，照片随即消失。照片以恐怖袭击般的势头突然出现，又即刻消失。我的脑子还没反应过来，很快又收到一张照片。

“这个也好厉害哦！”

照片里的松饼上盛着熠熠生辉的香草冰激凌和香蕉、堆得小山似的生奶油，还浇上了巧克力酱。松饼后方是对着镜头张开双手，嘴张得圆圆的露出惊讶表情的晴臣。五、四、三、二、一，照片又消失了。

我呆呆地点回手机主界面，然后再一次点开了和杏聊天的界面。用这个 SNS 看过一次的照片和聊天记录都会消失，于是杏的聊天界面上一片空白。刚才看到的照片是不是幻觉呢？杏说我辅助母亲自杀，还说我和爸爸进行着虚假的Skype对话。若是如此，那么我和杏的聊天说不定也只是胡思乱想吧。我再次把焦点对准留在脑海里的松饼的残影。杏老是原谅晴臣劈腿然后又遭到背叛，尽管如此，她还是会原谅他。或许是因为她不承认人的连续性吧。如果劈腿的晴臣几天之后变成了没有拈花惹草的晴臣，那么杏就搞不懂不原谅他的理由了。因为她不理解惩罚的意义，所以即便形成了这样的思维方式也没什么好奇怪的。而且，或许这并非悲剧。

“你和晴臣和好了？”我刚发了一条信息，就接连收到了两条回复——“暂时脚踏阿臣和广冈哥两条船”“打算同时跟双方都交往看看”。我不禁扑哧一声笑了出来。如今，杏正在旅途当中，一面四处游走，一面寻找并收集着对于自己重要的东西。既然如此，即便等在旅途尽头的是尚且无法定义的关系，也无可非议。今天上完课后我打算去光也店里喝咖啡。我想见光也，告诉他关于杏的一切，然后和他一起笑着感叹“真是个不省心的孩子”。我和光也能够建立起对等的关系吧——跟我母亲和父亲之间的那种对等关系完全不同的关系。我们能够建立起只为寻求彼此的幸福，努力使对方幸福，并且彼此需要的关系吧。

图书在版编目(CIP)数据

云端少女/[日]金原瞳著;蒋葳译.—杭州:浙江文艺出版社,2020.5

ISBN 978－7－5339－6072－8

Ⅰ.①云… Ⅱ.①金… ②蒋… Ⅲ.①长篇小说－日本－现代 Ⅳ.①I313.45

中国版本图书馆 CIP 数据核字(2020)第 050495 号

策划统筹:曹元勇
责任编辑:王丽荣
文字编辑:睢静静
封面设计:裴峰南
责任印制:吴春娟

云端少女
[日]金原瞳　著
蒋　葳　译

出版:浙江文艺出版社
地址:杭州市体育场路 347 号　　邮编:310006
网址:www.zjwycbs.cn
经销:浙江省新华书店集团有限公司
印刷:上海中华商务联合印刷有限公司
开本:787 毫米×1092 毫米　1/32
字数:100 千字
印张:6.375
插页:6
版次:2020 年 5 月第 1 版
印次:2020 年 5 月第 1 次印刷
书号:ISBN 978－7－5339－6072－8
定价:45.00 元